イラスト／Ｆａｙ

婚約破棄されたら異国の王子に溺愛されました

甘～いキスは悦楽の予感

プロローグ　婚約破棄も悪くない。

「あなたはチャロアイト国王の妃《きさき》になるのですから、常にそのことを頭に入れ、行動しなくてはなりません。いいですね？」

「はい、先生」

「よいお返事です」

次期国王の妃——。

母のお腹《なか》にいる頃から、私、アリシア・フォッシェルの将来は決まっていた。

男児であれば、フォッシェル公爵家を継ぎ、次期国王に仕える。

女児であれば、王妃となり、次期国王を支える。

私は女として生を受けたので、王妃にならなくてはならない。

次期国王となる王太子ビダル様と婚約を結び、彼を支える未来に向かって努力を重ねることは義務だった。

物心が付く前からたくさんの教師を付けられて、分刻みのスケジュールでひたすら勉強の毎日……。

王妃としての振る舞いとして正しいことが善で、正しくないことは悪だ。

他の者が許されていることでも、未来の王妃としては許されないことがたくさんある。

中には、そんなことまでも？　と言いたくなるものも含まれている。それも、いくつも。

昔はともかく現代では従う必要ないものもあるけれど、昔からの決まりはそう簡単には変えられないそうだ。

どうして私ばかり、こんなことに従わなければならないの？

幼い頃はつい周りと比べてしまって、納得できないこともあった。

でも、成長するにつれて、仕方がないのだと諦められるようになった。

自分の中で落としどころを見つけて、「なぜ、自分ばかり……」という悲しみや反抗心は、次第に薄れていった。

お父様とお母様は、私を立派な人間に育てようと、とても一生懸命だった。

私がお腹の中にいる頃から、『お前たちの子は、国王のための子』なんて言われていたのですもの。当然だわ。

どれだけの重圧を感じていたことか……。

私を育てることは、親としての責任や義務ではなく、国からの命——自分たちの子でありながらも、そうではない。私は、王の……国のもの。

だから、愛情など持てずに当たり前だ。

私へ愛情を抱けなかった分なのか、次の子……私の妹カリナをそれは、とても大切に可愛《かわい》がって育てた。

カリナを見て、正直寂しいと思う気持ちはあった。

でも、わかっているわ。どうしようもないことだもの。そんなことを考えても仕方がないし、状況は変わらない。

私は将来、ビダル様の妻となり、王妃になる。だから、しっかりしなくては……。

心の中でそう何度も呪文のように唱えて、自分を励まし、生きてきた。

ビダル様が嫌な人間であれば、めげそうになったかもしれない。でも彼はとても誠実で、優しく、尊敬できるお方だった。

「やあ、アリシア、最近はどうだい？　何か困ったことがあったら、いつでも僕を頼って」

「ええ、ありがとうございます」

サラサラの美しい金髪、よく晴れた日のような青い瞳——麗しいそのお姿は、成長すると共に凛々《りり》しさも加わり、女性たちの目を惹《ひ》き付けてやまない。

でも、美しいと思っても、ときめきは感じなかった。

同じ年齢、そして幼い頃から定期的に顔を合わせていたので、婚約者……というよりは、良き友人のように感じていたから。

「ところで、アリシア。僕たちは、夫婦というよりも、友人……といった方が、しっくりこないかな？」

「えっ」

「ああ、気を悪くしないでほしい。アリシアと結婚したくないというわけではないんだ。そこは誤解しないでほしい」

「では、どういった意味で？」

「僕たちは二人で会っても甘い雰囲気にならないし、そういった雰囲気にしようとも思わないだろう？　あ、アリシアは違う？　僕はそうなのだけど……」

「いいえ、私もビダル様と同じです」

「だろう？　よかった。もし、違ったら、気まずくなるところだった」

「ふふ、そうですね。とても気まずいことになってしまいますね」

「……こういった感じで、友人という関係性が、とてもしっくりくると思ってね。アリシアとなら、他の者には話せないことも話せる。僕にとっては貴重な存在だ。こうして婚約していなくとも、僕たちは良き友人になっただろうなぁ……と思うよ」

いつかお茶をした際に、ビダル様も私と同じ考えを抱いていたとわかって、とても嬉《うれ》しかった。

「はい、私も同じことを考えておりました」

「そうか。嬉しいよ。まあ、こんな夫婦の形もあるだろう。僕とアリシアなら、上手《うま》くやっていけるさ」

「ええ、そうですね」

上手くやっていけるわ。絶対に――。

十八歳になったら、ビダル様と結婚する。将来王となるビダル様の隣に立ち、皆に望まれた通り、王妃としての道を歩んで行く。

そう、信じていた。ビダル様の妻、王妃としての未来以外、私にはないと思っていた。

「アリシア、婚約を解消しよう」

「え……?」

だから、ビダル様が発した言葉の意味を、一度で理解することができなかった。

「あなたがそんな人だとは思わなかった。がっかりだよ。あなたとは、結婚できない。婚約を解消しよう」

十八歳の誕生日を目の前にした、よく晴れた日だった。

ビダル様から急に呼び出しの手紙が届いて、すぐに城へ向かうと、ビダル様と共にカリナがいて、婚約解消を切り出されたのだ。

何が起きているの……？

「妹を酷《ひど》く苛《いじ》めるだなんて、どうかしている……自分が恥ずかしいと思わないのか？」

「思いません。身に覚えがございませんから。私はカリナを苛めたことなど、一度も……」

「嘘《うそ》を吐かないでくれ。これ以上あなたに幻滅したくない」

「嘘など吐いておりません」

「彼女から全てを聞いた。暴力まで振るうなんて……あなたは聡明《そうめい》な女性だと思っていたが、僕の見る目がなかったようだ」

「ですから、身に覚えがございません。カリナ、あなたどういうつもりなの？　説明して」

カリナは大げさなほどビクリと身体を引《ひ》き攣《つ》らせ、震えながらビダル様の腕に抱き付いた。

「ゆ、許して、お姉様……」

「何を言っているの？」

「アリシア、彼女を怯《おび》えさせないでくれ。カリナ、大丈夫だ。僕が付いているから、怯えなくてもいい」

「はい、ビダル様……」

瞳を潤ませたカリナが、優しく微笑《ほほえ》むビダル様と見つめ合っている。抱き付いた腕には、しっかりと胸を押し当てられていた。

ああ、なるほど、そういうことなのね。

「しらばくれようとしても無駄だ。彼女の身体には、あなたに付けられた暴力の跡が残っていた。古いものから、新しいものまでな」

「跡?」

「まだしらを通そうとするなんて、がっかりだ。新しいものは、太腿《ふともも》に……」

「やんっ! ビダル様、言ってはいけません! 肌を見せたのが、ばれてしまいます」

「あっ……そうか。すまない」

ビダル様に、太腿を見せたのね。

身体中に……ということは、恐らく太腿だけではなくて、服を脱いだ状態で、全身を見せたのでしょうね。

もちろん私は、無実だ。カリナだけでなく、人に手をあげたことなんて一度もない。神に誓える。

カリナの身体にある傷の原因は、彼女の不注意が大半だ。

幼い頃から彼女はとてもやんちゃで、木登りをしたり、屋敷の中で走り回っていて、怪我《けが》が絶えなかった。

カリナが怪我をするたびに、姉であるお前がちゃんと見ていないからだって、よく叱られた。古い傷は、きっとその時の傷だ。

大人になるにつれて落ち着きを身に付けて、もうそんな傷を作ることはなくなったけれど、太腿にある火傷《やけど》跡なら……。

「太腿にある火傷跡なら、窓から入ってきた蜂に驚いて、淹《い》れ立てのお茶をひっくり返したのが原因です。もちろん私がかけたのではなく、カリナが自分で……」

「ビダル様、違います！　お姉様は嘘を吐いています。ずっと耐えてきたけれど、もう限界です……」

カリナの青い瞳から、大粒の涙が零《こぼ》れる。

本当に器用だと思うけれど、嘘泣《うそな》きだ。カリナの特技は、自分の好きな時に涙を流せること……つまり嘘泣きだった。

幼い頃、自分から教えてくれて、その証拠にと目の前で実演までしてくれたのだから、間違いない。

知っているのは私だけで、お父様とお母様はこんな特技があるなんて知らないから、カリナの涙によく騙《だま》されている。

　嘘泣きをしていたら、本当に悲しい時に、信じてもらえなくなってしまうかもしれない。もう、そんな真似《まね》はやめなさい。

　そう何度も諭した。でも、カリナは全く聞き入れてくれなくて、現にこうして涙を流している。

「カリナ、可哀想《かわいそう》に……でも、もう、大丈夫だ。僕が付いているから、心配しなくていい」

　ビダル様はカリナの肩を抱き寄せると、私を鋭く睨《にら》み付ける。いつも穏やかな彼に、こんな目を向けられたのは初めてだ。

「アリシア、あなたという人は……」

「ビダル様、私のお話を聞いていただけませんか？」

「必要ない。全てカリナから聞いているからね。残念だよ。アリシア」

　良き友人だと思っていた。

　それなのにカリナの嘘を信じて、私の話も聞かず一方的に悪者にするなんてあんまりだわ。

　こんなの良き友人なんて言える？　いいえ、言えないわ。

「ええ、残念です」

　こうして私は一方的に、婚約を解消された。

お父様とお母様も、私がカリナを苛めて、暴力を振ったと信じている。

王太子から婚約破棄された上に、妹を苛めるだけでなく、暴力まで振るう娘を置いておけない——と、私は首都を離れ、フォッシェル公爵家の領地にある田舎の別荘へ移り住むことになった。もちろん、拒否権などない。

「アリシアお嬢様、なんてお可哀想……こんなの、あんまりです」

別荘行きの馬車の中、侍女のドリスが鼻を鳴らしながら、私のために泣いてくれた。幼い頃から私の傍《そば》に居てくれる大切なひと。

今年の初めで三十歳になったドリスは、まだ二十代前半のようにしか見えないし、とても美しいと評判の女性だ。

栗色《くりいろ》の髪の毛は癖があって、何もしていないのに巻いているみたい。ドリスの髪質が羨ましい。

私の髪はストンと真《ま》っ直《す》ぐで、巻いても癖が付きにくいのが悩み。……まあ、今後は巻く機会もないだろうし、悩まなくなるもの。どうでもいいわ。

王太子に婚約破棄されたのだもの。もう私に婚約を申し込む奇特な方なんていないはずだし、きっと、もう二度と、社交界に出ることもないでしょうしね。

髪質はいいとして、色は嫌だわ。お父様とお母様、そしてカリナと同じ色の金——鏡を見るたびに、家族を思い出す。

　でも、瞳の色は好き。大好きなおばあさまと一緒の桔梗色《ききょう》だもの。ウィッグでも被って暮らせたら、気分よく暮らせそうだわ。

「私のために泣いてくれて、ありがとう。でも、大丈夫よ。それよりも、私に付いてくることはなかったのよ？　あなたはまだ若いもの。首都に居た方が再婚のお話だって……」

「いいえ、私は亡くなった夫一筋です。再婚なんて考えておりませんから、ご心配なさらないでください」

「でも、都会の方が、何かと楽しみがあるものでしょう？　たくさんお店もあるし、ほら、ドリスはお買い物が好きでしょう？　それにお芝居も……」

「ええ、好きですが、私の最大の喜びは、アリシア様が幸せになることを近くで拝見させていただくことですから」

　ドリスは幼い頃に妹を亡くしていて、私とその子がそっくりだったと聞いている。きっと、面影を重ねているのね。

「ありがとう。でも、私ではなくて、自分が幸せになれるように生きてほしいのよ」

「いいえ、私はアリシアお嬢様が……」

「今はそう思っていても、気持ちが変わることもあるわ。……いいえ、変わってほしいと思っているの。だからその時には、遠慮なく言ってね。約束よ」

　ドリスの手を握って、真剣に語りかけた。渋々ではあったけれど、彼女が頷《うなず》いてくれたことにホッとする。

「でも、納得がいきません。あんな下手な嘘に騙されるなんて、どうかしています。そのせいでアリシアお嬢様が婚約破棄された上に、田舎に追いやられるなんて……っ！　アリシアお嬢様だけがお辛《つら》い思いをして！　もう、あんまりすぎます！」

　怒りのあまり、ドリスの身体はわなわなと震えていた。

「本当に辛くなんてないから、大丈夫よ。むしろ嬉しいくらい。……ねえ、別荘のキッチンはちゃんと手入れが行き届いているかしら？」

　自室に隠していたあるものを入れてきた鞄《かばん》を撫《な》でていると、ドリスが口元を綻ばせてフフッと笑った。

「なるほど。これからは、隠れずに、思う存分できるのですものね」

「そういうことよ。だから、婚約破棄も案外悪くはないわ」

　悪くないどころか、最高よ。ああ、楽しみだわ。

　早く別荘に着かないかしら。

首都から二日目の朝、フォッシェル公爵家領地内にある別荘に到着した。

楽しみにしすぎて、移動の途中で到着した夢を何度見たことか。

滅多《めった》に使われることはないのに、管理してくれている使用人たちがしっかりと手入れしてくれていて、ダイニングや私の部屋だけでなく、空き部屋までも埃《ほこり》一つないし、どこを見ても綻びが全くない。

私が来るから……と、急いで取ってつけたような掃除をしたのではなくて、普段から丁寧に掃除や手入れをしてくれていることがわかる。

ありがたいわ……。

「アリシアお嬢様、お疲れでしょう。今日はゆっくりお休みに……」

「大丈夫よ。ああ、でも、ドリスは休んでいてちょうだい」

「お嬢様は……」

「私は早速キッチンを使うわ」

「えっ！　せめて少しお茶をなさってからでも……」

「時間が勿体《もったい》ないわ。生地が冷める時間を計算にいれなくちゃいけないもの。……ああ、今からでもギリギリだわ。できあがったら、ドリスも食べてちょうだい。じゃあ、また後でね」

「ああっ！　アリシアお嬢様、お待ちくださいっ！　私もお手伝い致しますっ」

私は大切なものが入ったバスケットを持って、キッチンへと足早に向かった。

そう、婚約破棄も悪くないわ。だって、ずっと憧れていたけれど、諦めていた生活が手に入るのですもの。

第一章　空腹がもたらした出会い

別荘に付いてから間もなく、お父様から手紙が届いた。内容は予想した通り――ビダル様とカリナの婚約の知らせだ。

やっぱりね……。

一線を越えていたようだし、こういう流れになると思っていた。

予想した通りとはいえ、とても腹が立つ。

しかも、婚約の知らせの後には、カリナは私を恨んでいない。だから逆恨みをするのはやめなさい。今後は妹の幸せを祈って暮らしていきなさいと書かれていて、ますます私の神経を逆なでた。

恨まなくて当然よ。何もしていないのだから。

気が付いたら、大きなため息を吐いていた。

ため息を吐くと、幸せが逃げる……なんて、どこかで聞いたことがあったものだから、意識して吐かないようにしていたのに。

今のため息で、どれくらい幸せが逃げたかしら……。

なんてくだらないことを考えている間に、また無意識のうちにため息を零してしまった。

手紙はどんなものであっても取っておくようにしているけれど、この手紙ばかりは一刻も早く消し去りたい。

くしゃくしゃに丸めて、ちょうど火を付けたばかりだったオーブンに入れた。すぐに燃えてあとかたもなくなったけれど、胸の中のモヤモヤはなかなか消えてくれない。

やってもいないことをやったと決めつけられるのは、とても腹が立つ。他人なら勝手に言っていればいいと割り切れるけれど、家族だとそう簡単には割り切れないものだ。

向こうが平然と暮らしているのに、こちらばかり気にしているのは癪《しゃく》に障る。

もう、家族のことを考えるのは終わり！　気持ちを切り替えましょう。

「よし、始めるわよ」

手を洗い直し、作業に戻る。

卵を割って、白身だけを泡立てていく。空に浮かぶふわふわの雲みたいにするのが目標！

かなり根気がいる作業だ。

泡立てながら思い出すのは、もう考えないと決めたばかりなのに、カリナのこと……。

愛らしい容姿で甘え上手ということもあって、お父様とお母様はカリナの我儘《わがまま》をなんでも叶《かな》えた。彼女の喜ぶ顔を見るのが、生きがいと言っても過言ではないと思う。

我儘を叶えてもらえることが当然という環境で育ったあの子は、とても高慢な性格に成長してしまった。

人からの批判や指摘を特に嫌い、カリナに付けられた家庭教師は何人も解雇され、今は彼女の気持ちを持ち上げることのできる人物だけで固められている。

見かねて何度も注意したけれど、カリナは反省するどころか激怒し、お父様とお母様に泣きつくのがお決まりだった。

「未来の王妃が、妹を苛めるなんて恥ずかしい！　こんなことが人に知られたら、フォッシェル公爵家は終わりだ」

「こんなにも可愛い妹をどうして苛めるなんて酷いことができるの？　私たち、育て方を間違えてしまったのかしら……」

苛めてなんていない。

注意をしただけだと何度説明しても、お父様とお母様は信じてはくれなかった。

あまりにも同じことが続くものだから、心が折れそうになったこともある。でも、このままではよくない。近くにいる者が間違いを教えてあげなければ、将来何らかの事件に繋《つな》がり、カリナが困る可能性だってある。

　そう思って教えてきたけれど、駄目だったわね……。

『どうしてお姉様がビダル様の婚約者なの⁉　私の方が綺麗《きれい》だし、愛嬌《あいきょう》があるもの。表情の変化が乏しい無愛想なお姉様よりも、私の方が王妃には相応《ふさわ》しいわ！　先に生まれたからってずるい！　ねえ、お父様、お願い。私もビダル様がいい。ビダル様と婚約させて！』

　癇癪《かんしゃく》を起こして、いつもお父様におねだりしていたけれど、いつもどんなことも叶えてくれるお父様でもさすがに苦笑いを浮かべることしかできない。

　お父様でも、唯一叶えることができないおねだり。

　安心していた。だってこれは王家が絡んだ話ですもの。

　私とビダル様の婚約は生まれる前から決まっていたし、私も王妃として相応しい人間になるために育てられてきた。

　とても大きなこと。それをカリナの我儘一つで、変えられるはずがない。

　だから大丈夫だと安心していたけれど――まさか、私に罪を被《かぶ》せてまで、自分の我儘を貫くなんて思わなかった。

　王妃になれなかったことは、悲しいと思わないし、絶望もしていない。それは意地ではなくて、本当の話だ。

だって、この世には絶対なんてないもの。

縁起でもない話だけれど、ビダル様に何かあったり、情勢に変化があったり、何らかの理由で即位できない可能性もある。そうなれば、私は王妃になれない。

そのことを頭に入れて、育ってきた。だから、平気。

まあ、カリナが原因を作るなんて、さすがに想定外だったけれど……。

一番悲しかったのは、ビダル様に信じてもらえなかったことだ。

大切な友人だと思っていたのに、私の話を少しも聞いてくれなかった。カリナの話を信じた。

それがとても悲しい。


『あなたがそんな人だとは思わなかった。がっかりだよ』


ビダル様の言葉を思い出し、悔しさと悲しさで、涙が出そうになる。

それは、私もよ……。

でも、信じてもらえなかったおかげで、私は自由を手に入れた。だから悲しくても、恨んではいない。

あの頃の私が今の私を知ったら、きっと驚くわね。この時が迎えられるのなら……ということを心の支えにして、負けずに済んだかもしれないわ。

王妃になるべく厳しく育てられた私は、十歳の時、その重圧に心が負けてしまったことがある。

いつも通りの生活を送ることはできるけれど、食事が喉を通らない。お茶と一緒に出されるお菓子は少し食べることができるけれど、家族で顔を合わせてする食事は、どう頑張っても食べることができなくなってしまった。

『カリナは今日、何をしていたのかな？　ちゃんと勉強はできたかな？』

『んーん、してないわ。お庭で遊んでたの。だって、とってもお天気がよかったんだもの』

『そうか。確かに今日は、気持ちがいい天気だったな。お父様も出かけなくて済んだら、カリナと一緒に遊びたかったよ』

『ふふ、もう、あなたったら』

三人の会話を聞きながら、パンを小さくちぎって口に運ぶ。でも、なかなか呑《の》み込《こ》めない。パンじゃなくて、石でも口に入れたみたいな気分だ。

必要に迫られた時以外、カリナとの会話には入らないようにしている。

以前、自分も会話に入ろうとしたら、『お父様とお母様とお話ししているのは、私なの。横入りしてこないで！』と、カリナに泣かれて、姉なのだから妹を悲しませるようなことをするなと両親に怒られてしまったからだ。

『アリシア』

お父様に名前を呼ばれ、驚いたはずみでようやく呑み込むことができた。でも、まだ喉に詰まっているような違和感がある。

『は、はい』

『お前は、しっかりと予定を消化したのか？　予習、復習はしっかりしているか？』

ここでカリナのように答えたら、どんな反応が返ってくるかしら。……いいえ、考えるまでもないわ。激怒されるに違いない。

『はい、予定通り進みました。予習、復習も済んでいます』

『そうか。だが、それは当たり前のことだ。求められたことを済ませて満足するのではなく、さらに上を目指すようにしなさい。いいな？』

『はい……』

いくらお水を飲んでも、喉には違和感が残る。

姉妹でも、違う。カリナには優しいのに、私には厳しい。他人みたい。

私もカリナみたいに接してもらえたら……。

さまざまな会話のパターンを想像して自分を慰めると同時に、そんな会話をしてもらえる日など訪れないと悟って勝手に悲しむ。

大人になった今では、割り切った考え方ができる。でも、幼い頃は心が未熟で、何かとカリナと自分を比べて、傷付いていた。

特に比べてしまうのが、家族での会話がある食事の場——だからこそ、食べられなくなってしまったのかもしれない。

食べられないことがばれたら、お父様とお母様に怒られて、カリナに笑われることは目に見えている。

幼い頭で必死に考えを巡らせて、なんとか誤魔化《ごまか》してきたけれど、ある日とうとう気付かれてしまった。

『食事が喉を通らない？　未来の王妃が、そんな弱い心でどうする。しっかりしろ』

『また、こんなに残して……これ以上痩せては、王妃に相応《ふさわ》しくないみすぼらしい姿になってしまうわ。しっかり食べなさい』

案の定、怒られた。カリナはそんな私の様子を見て、クスクス楽しそうに笑っている。陰では痩せた姿を見て「おばけみたい！　こわーいっ！」と馬鹿にされた。

『お前を未来の王妃として育てあげることが、我々の仕事。お前の失態は、私たちの……フォッシェル公爵家の失態となる。心して生きなさい』

私を育てることは、仕事――。

心に罅《ひび》が入って、少しでも強い刺激を与えられたら、粉々に砕けてしまいそう。

こんなことでは、駄目だわ。

私は将来、国王に即位したビダル様の隣に立ち、お支えしなければならない。

ビダル様の次に、強い存在でなければいけないのに、どうしてこんなに弱いの？　ちゃんと食べなきゃ……ちゃんと……。

そう思うほど、喉や胸にたくさんの石を詰め込まれたみたいに感じて、食べることができない。食事を見ると気持ち悪くなって、無理に食べると戻してしまう。

どうしたらいいの……。

改善方法も見つからずに焦りを感じていた時、おばあさまが自邸に招待してくださった。

毎年、私たち家族を避暑に誘ってくださるのだけど、おばあさまの屋敷は豊かな自然に囲まれていて、当たり前だけど、それなりに虫がいる。

カリナは虫が大の苦手なので、一度行って懲りて以来、招待を拒否していた。カリナを一人にしておけないと両親も残るので、いつも私だけが伺っている。

優しいおばあさまが大好きで、ここで過ごせる二週間という短い時間はとても貴重で、贅沢《ぜいたく》な時間だった。

『まあ！　アリシア、こんなに痩せて可哀想に……どうしたの？　どこか具合が悪いの？』

『いいえ、どこも悪くないわ』

『本当に？』

『ええ、本当よ。心配なさらないで』

おばあさまは馬車から降りた私を見て、青ざめた。

一目見ただけで痩せたとわかってしまうことに焦りを感じて、必死に食べようとするけれど、どうしても喉を通らない。

カリナは私を馬鹿にするために大げさに「おばけ」なんて言っていると思っていた。でも、おばあさまからもそう見えているってことは……ああ、どうしよう。こんな姿を誰かに見られたら、次期王妃に相応しくないと思われてしまう。そうなったらお父様とお母様にがっかりされる。

どうしよう。どうしよう。私はどうすれば、強い心を持つことができるの？

焦りばかりが先を行って、現状は少しも改善できない。

『アリシア、もう食べないの？』

『ごめんなさい。おばあさまが、せっかく作ってくださったのに……』

おばあさまは料理がお上手で、屋敷にお邪魔した時には、いつもご自分で作った料理をご馳《ち》走《そう》してくださる。

お父様とお母様は影で、貴族が下働きの真似をするなんて……と言っていたけれど、私は素晴らしいと思う。

おばあさまの作ってくださった料理は、王城のシェフが作った料理よりもうんと美味《おい》しいわ。でも、とても美味しいのに、喉を通らない。食べたいのに、食べられない。

『謝らなくていいのよ。やっぱり、具合が悪いの？』

『違うの。どうしても、喉に通らなくて……』

胸が苦しくなって、涙が零れてしまう。おばあさまは私を抱きしめて、優しく背中を擦ってくれた。

『私は、王妃にならないといけないのに……こんなことでは、駄目なのに……』

お父様やお母様の前では、感情を露《あら》わにすることなんてないのに、おばあさまの前ではどうしても我慢ができない。

『こんなに幼いのに、とても大きなものを背負って……あなたはよく頑張っているわ。アリシア、あなたは世界一の頑張り屋さんよ』

『そんなことないわ。私、駄目な子なの』

『あら、そんなことないわ。あなたはとても立派よ。私が知っている誰よりも立派だわ。そんな素晴らしい子が孫だなんて、私は誇りに思うし、あなたの努力する姿勢をいつも尊敬しているわ』

どうか、優しくしないでほしい。心が緩んで、感情を隠すことができなくなってしまう。

『本当に立派なんかじゃないわ。私は、ビダル様の妻になって、王妃にならなければならないのに……私、いつもカリナに嫉妬してしまうの。お父様とお母様に可愛がられて、我儘を聞いてもらえて羨ましい。私はいつも、怒られてばかりなのに……』

『あなたの立場になれば、誰だってそう感じるわ』

『でも、私、出来損ないだわ。食事ができないなんて……』

『私の可愛い孫は、出来損ないなんかじゃないわ。それにね、誰だって辛いことがあれば、食べられなくなってしまうものなのよ。私も経験があるわ』

『おばあさまも？』

『ええ、夫が……あなたのおじいさまが亡くなった時にね。でも、焦ってはいなかったわ。このまま食べなければ、死ねるでしょう？　死ぬことができたら、あの人の傍に行けるわって思っていたの』

『そんなの駄目！　おばあさまが死ぬなんて嫌っ！』

力いっぱい抱き付くと、おばあさまは優しく背中と頭を撫でてくれた。

『うふふ、大丈夫よ。今、こうして生きているでしょう？　私がまた生きようって思えるようになったのはね。あなたが生まれてきてくれたからよ』

『私……？』

『そう。生まれたばかりのあなたを抱かせてもらったら、あまりにも愛《いと》おしくてね。ああ、まだ死にたくない。この子の成長する姿を見たいって思ったの。だから私は食べられるようになって、今もこうしてあなたと一緒にいられる。可愛いあなたの成長を見守ることができているのよ』

それまで自分には王妃としての価値しかないと思っていた。でも、おばあさまは王妃としての私ではなくて、私そのものを見てくださっているように感じて嬉しかった。

『そうだわ。アリシア、明日は私と一緒にクッキーを作りましょう』

『クッキー？　でも、ごめんなさい。私……』

せっかく作っても、また、食べられないかもしれない。

『食べられなくてもいいのよ。自分で好きな形を作るの。とっても楽しいわ。食べることを楽しむのではなくて、作ることを楽しみましょう』

その言葉で安心して、私は翌日、おばあさまに教えてもらいながら、初めて料理をした。

『混ぜる時にね、最後の材料を入れるのよ』

『最後の材料？　えっと、小麦粉、卵、バター、砂糖、バニラビーンズ……これ以外にも入れるの？』

『ええ、一番大切な材料は、愛情よ。美味しくなぁれ、美味しくなぁれって願いながら、混ぜていくの』

『それが最後の材料？　それって、本当に美味しくなるの？』

『ええ、愛情を入れるのと、入れないのでは、全然味が違うのよ。さあ、やってみて』

『わかったわ。美味しくなぁれ、美味しくなぁれ……これでいい？』

『バッチリよ。さあ綺麗に混ざったし、麺棒で平らにして、可愛くしていきましょうか』

ハート、小鳥、星、お花、色んな形の型を使って、たくさんクッキーを作っていく。温めたオーブンに入れて焼くと、甘いバニラとバターのいい香りがキッチンに広がる。

その香りを嗅いでいると、不思議と傷だらけの心が温かい何かで包み込まれるような感じがした。

『さあ、できたわよ。アリシア、食べてみる？　ああ、熱いから気を付けて』

おばあさまは鉄板の上から焼き立てのクッキーを一つ取ると、小皿に載せて私にくれた。掴《つか》もうとしたら、崩れてしまうんじゃないかってぐらい柔らかい。

『すごく柔らかいわ。まだ生かしら？』

『いえ、焼けているわよ。焼き立ては柔らかくて、冷めると硬くなるの。だから、柔らかいクッキーを食べられるのは、焼いた人の特権。食べてごらんなさい。すごく熱いから、火傷しないように気を付けてね』

いつもなら食事を見るだけで、胃が気持ち悪くなる。でも、その日は平気だった。

熱々のクッキーをそっと抓《つま》んで、火傷しないように気を付けながら口に運ぶ。

歯が少し当たっただけでホロリと砕けて、口の中に優しい味が広がっていく。今まで食べた物の中で、一番美味しかった。

『美味しい……』

『でしょう?』

おばあさまも一枚口に運ぶと、にっこりと微笑む。

『うん、美味しい。今日はアリシアの愛情が入っているから、いつも作るクッキーよりも、うんと美味しいわ』

『あの、おばあさま、もう一枚食べてもいい?』

『もちろん。好きなだけ食べていいのよ。さあ、召し上がれ』

おばあさまと過ごした二週間は、とても幸せな日々だった。朝食、昼食、お茶のお菓子に、夕食――全て二人で作った。

あれだけ食べられなくて悩んでいたのに、おばあさまと一緒に作った料理は、全て食べることができたし、食事がとても楽しみになった。

きっと、おばあさまの愛情が入っているからだわ。

『お料理って、魔法みたいでしょう？』

『魔法？』

『だって、こんな粉からクッキーやケーキができるなんて、不思議だもの。材料の組み合わせの違いで、色んなものができる。魔法使いになったみたいで楽しいわ。私も、アリシアも、魔法使いよ』

『魔法使い！　素敵だわ』

炎天下の中で水を与えられない乾燥しきった花のようだった私の心は、二週間でたっぷりの水と肥料を貰えたように元気になり、減ってしまった体重も取り戻すこともできた。

食事がとれなかった時は、すぐに疲れて動けなくなってしまうから、何度も休憩を取らないと日常生活を送ることができなかった。でも今は、休まずに生活ができる。

『アリシア、大分健康的な体型になったわね。食事ができるようになって、本当によかったわ』

『ええ、でも、屋敷に戻ったら、おばあさまの料理じゃないし、また食べられなくなってしまうかも……』

『大丈夫よ。二人で作った食事には、魔法がかかっているのですもの。ご飯は消化しても、魔法はここに残っているわ』

別れ際、おばあさまは私のお腹を優しく撫でて、二人で焼いたクッキーを包んで持たせてくれた。

魔法はいつまでも私のお腹の中にあって、帰ってからも、食事が喉を通らなくなることはなくなった。

魔法は今でも続いている。おばあさまがこの世を去った今でも――。

ちなみに、おばあさまの自邸というのは、今、まさに私がいるこの屋敷。おばあさまが亡くなってからは、別荘の一つとして使っていた。

まさか、ここに住むことになるなんて思わなかったから、とても嬉しい。

おばあさまが亡くなった時は、心の一部が壊れてしまったように感じて、毎日がとても辛かった。

こうして一人で料理をするようになったのは、その頃――おばあさまの思い出が恋しくて、始めたことだ。

自邸では両親が許してくれないし、両親がいない時でもカリナに告げ口されることは目に見えていたので、侍女のドリスの実家——タッペル男爵家を頼った。

時間を見つけては口実を作って出かけ、彼女の家のキッチンを借りて料理を作っていた。

料理に集中すると、気持ちが落ち着く。

おばあさまは私が辛そうにすると、いつもご自分のように悲しんでくださった。こんな私を見たら、どう思うか……。

めげていては駄目だわ。強くならなくては……大丈夫、私のお腹の中には、おばあさまの魔法が残っているもの。

気が付くと私は悲しみから立ち直り、料理におばあさまの面影を求めるのでなく、おばあさまと料理をしていた時に感じていた楽しみを見つけるようになった。

ちなみに作ったお菓子や料理は、タッペル男爵家の名を借りて、教会に寄付をさせてもらっていた。

こっそり教会に向かい、私が作った料理を食べて『美味しい』と言ってくれている姿を見ると、胸の中が温かくなる。

料理って、なんて素晴らしいのかしら。たくさんの人に幸せを与えられるし、私も幸せになることができる。

でも、王妃になれば、わずかな自由もない。こうして料理を作ることもできなくなる。それがとても残念だった。

だから、こうして自由に料理ができるなんて、夢みたい……。

トランクに詰めてきたのは、密《ひそ》かに集めて自室に隠していたスパイスや珍しいお菓子の材料。

今日から好きなだけ料理ができるなんて、胸が躍る。

砂糖を数回に分けて入れた白身が、雲のように泡だった。

「これぐらいでいいわね」

湯煎で溶かしておいたバターに、溶いた卵黄と牛乳を入れてよく混ぜていく。

そこに振った小麦粉を入れてよく混ぜ、泡立てた白身の半分を入れてよく混ぜ、残りを入れたら今度は軽くさっくりとだけ混ぜる。

もちろん、愛情を入れるのも忘れない。

「美味しくなぁれ、美味しくなぁれ」

型に流し込んで、底をトントン叩《たた》いて十分に空気を抜いたら、オーブンの中でゆっくり焼いていく。

三十分ほどすれば、美味しいシフォンケーキの完成だ。

生地が冷めたら生クリームと、昨日作った木苺《きいちご》のジャムを添えて、ドリスや使用人たちと一緒に頂こう。

生クリームを泡立てながら、自然と笑みがこぼれる。

ああ、今が一番幸せだわ。

◆◇◆

婚約破棄から三か月――私はまだ知らない料理を探しに、様々な国を旅していた。

こんな自由気ままの生活ができるなんて、三か月前までの私が聞いたらさぞかし驚くでしょうね。

馬車の窓から流れる景色を楽しんでいると、長年強張《こわば》っていた心が柔らかく解《ほぐ》れていくのを感じる。

「アリシアお嬢様、ご体調にお変わりはございませんか？　かなりの長旅ですが……」

「大丈夫よ。ドリスは平気？　付き合わせてごめんなさいね」

「とんでもございません。私はとても元気ですが、少々太ってしまいました。行く先々のお料理が、あまりにも美味しくて……」

「あなたは元々細すぎるくらいだもの。少しくらい太っても問題ないわ」

「問題大有りです！　コルセットに押し込めているだけなんですよぉ……外したらボン！　で

す」

「ふふ、そんなことないわ。……あら？」

途中、何の変哲もない場所で、馬車が一台停まっているのが見えた。岩に座る大人の男性と、彼の背中を擦る男の子の姿がある。

急病かしら……。

街までは大分距離がある。心配だわ。

「馬車を停めて」

ビダル様と二人きりの時に、彼が急病になったら……と想定し、簡単な医学の知識、応急処置の心得はある。お役に立てないかしら。

「ちょっと行ってくるわね」

「ああっ！　アリシアお嬢様、危ないですわ。見ず知らずの者に、自ら話しかけるなんてっ！」

「大丈夫よ。もう、私はビダル様の婚約者じゃないもの」

王太子に婚約破棄された娘なんて、誰も娶《めと》ってくれない。お父様とお母様は政略結婚としての道具にもならない私のことは、ただのお荷物としか思っていらっしゃらないでしょうしね。

前よりずっと身軽だわ。

「そういう問題では……ああっ！　お嬢様っ」

馬車から降りると、二人がこちらを見ていた。

私とそう変わらない歳の男性——なんて美しいのかしら。

彼を取り巻く雰囲気は甘く、色気を孕《はら》んでいる。なぜか見てはいけないような気分になり、もっと見たいと言う気持ちと目を逸《そ》らしたいという気持ちがせめぎ合う。

月光を紡いだように美しい銀髪が、風でサラサラと揺れている。彼はエメラルドのように美しい瞳を細め、こちらに向かって微笑みかけてきた。

「やあ、こんにちは」

「あっ……え、ええ、ごきげんよう」

声をかけるつもりが、見惚《みと》れて何も言えなかった。誰かに見惚れるなんて、生まれて初めてだったものだから驚く。

えっと、私、何て声をかけようと思っていたかしら……。

私を見て柔らかく微笑んでいる彼の顔は、透き通るように白い……というよりも、青白い。

「あの……」

「ああ、よかった。人間だった」

「え？」

「いや、あまりにも美しいから、天使が降りてきたのかと思ったんだ」

……随分と軽い方みたいね。

「キミのように美しい人と出会えるなんて嬉しいよ。ああ、なんて綺麗な金髪なんだろう。おや瞳の色も素敵だ。桔梗色だね。私は桔梗の花が大好きなんだ。よく部屋に飾っているんだよ。愛らしいだけでなく、香りもいいからね」

具合が悪いのに、よくスラスラとこのようなことが言えるものだと感心してたら、男の子が一歩前に出た。

「ちょっと、あんたたち。俺たちに、何か用でも？」

十歳くらい……かしら。

私と後ろから追いかけてきたドリスを睨み付ける。ああ、彼を守っているのね。

艶《つや》やかな黒髪に、彼と同じエメラルド色の瞳——わずかに顔立ちが似ている。兄弟なのかしら。小さいのに兄を守っているなんて、なんて偉いのかしら。

「馬車からご気分が悪そうに見えたので、気になりまして。私にお手伝いできることは、何かございませんか？　一応、応急処置等の心得はあるのですが……」

「結構だ。俺たちに構うな。迷惑だ」

強い口調で断られた。彼は威嚇する猫のように、こちらをギロリと睨み付けている。ドリスが「まあ！」と声を上げて、一歩前に出た。

「そのような言い方、無礼ではないですか！　お優しいアリシアお嬢様が、わざわざ馬車を止めてまで、せっかくお声をかけてさしあげたのにっ！」

「そんなのそっちの勝手だろ！　恩を着せるような言い方はやめろ！　迷惑だ」

「ドリス、やめて。その子の言う通り、私が勝手にしたことよ。受け入れられなかったからといって、こちらが文句を付けるのはおかしいわ」

「ですが……」

怒りをあらわにするドリスを宥《なだ》めていると、男性がスッと腰を上げて男の子の前に立つ。

「こら、ケヴィン。失礼だろう」

「すみません。兄上……」

やっぱり、兄弟なのね。服装と馬車を見る限り、貴族で間違いなさそう。

「弟が無礼をして申し訳ない。私はヴィルヘルム、そしてこちらは弟のケヴィン。情けないことに、少々気分が悪くなってしまって、外の空気を吸って休んでいただけなんだ」

「まあ、大変……私はアリシアと申します。何か持病はお持ちですか？」

「こんな見ず知らずの男を心配してくれるなんて、キミはなんて優しい女性だろう。本当に天使のようだね。アリシア……とても綺麗な名前だ。キミにぴったりだね」

息をするように、甘い言葉を口にできるのね。本当は元気なのかしら。……いいえ、この顔色は、元気とは思えないわ。

「お褒め頂き、ありがとうございます。ですが、人として当たり前のことなので」

「当たり前だと言えるその心が美しいよ」

な、なんだか、調子が狂うわ……。

「あの、動けそうにないのでしたら、街から医師を……」

「ああ、持病じゃないんだ。食事をとらずに馬車に乗ったから、揺れで気分が悪くなっただけ。もう、治まってきたし、大丈夫だよ。ありがとう」

「そうだったのですね。食事はしっかり取らなくては……そうだわ。少々お待ちください」

「あっ！　アリシアお嬢様⁉」

「ドリスも待っていて。すぐに戻るわ」

足早に馬車へ戻って、朝食のサンドイッチの入ったバスケットを持ってきた。

今朝、ホテルの部屋に付いていたキッチンで作ったものだ。多く作りすぎて数個余ってしまったから、ちょうどよかった。

「厚切りハムと野菜のサンドイッチです。もしよろしければ、こちらをどうぞ」

「……なんて優しいんだろう、ありがとう。いただくよ」

サンドイッチを見た途端、表情が一瞬曇ったように見えた。

お嫌いだったかしら……。

「兄上！　見ず知らずの者から、そんな安々と受け取ってはいけません！　毒が入っていたら、どうするおつもりですか！」

幼いのに、しっかりしているわ。貴族として育てられても、ここまで危機管理ができる子はなかなかいない。

「こら、なんて失礼なことを言うんだ。せっかくの厚意をごめんね。キミのような身も心も美しい女性が、毒なんて入れるはずがないのに」

「いえ、物騒な世の中ですもの。警戒心が強いことは、とても良いことです。しっかりとした素晴らしい弟さんですね。幼いのに立派だわ」

「なっ……幼くなどない！　僕は十五歳だ！」

衝撃を受けた。

冗談？　でも、少年……いえ、彼の激怒具合からいって、本当のようだ。

「ご、ごめんなさい。私はてっきり十歳くらいかと……」

私よりも背が低いし、顔立ちも……まさか、三歳しか違わないなんて思わなかった。

「十歳⁉　ふ、ふざけるなっ！　この僕のどこが十歳に見えるっていうんだ！　立派な大人だろう！」

「ごめんなさい。えっと、どこがと言いますと、身《しん》……」

「言うな！　馬鹿正直に言おうとするなっ！　失礼な！」

激怒するケヴィン様と私の間に、ケヴィン様に負けないほど怒ったドリスが割って入る。

「レディに怒鳴るなんて野蛮な！　年齢を間違われたくないのでしたら、首から年齢を書いたプレートでもぶら下げてみては⁉」

「何ぃっ⁉」

「ドリス、やめて。ケヴィン様、私の侍女がごめんなさい。それから、年齢のことも……身長イコール年齢とは限りませんものね」

「侍女よりも、あんたの方が失礼だよ！」

一連のやり取りを見たヴィルヘルム様が吹き出して、お腹を抱えて笑い出した。

よくわからないけれど、何か面白かったみたい。

笑うとほんの少しだけ、幼く見えるわ。

「そうだわ。ヴィルヘルム様、失礼しますね」

「うん？」

ヴィルヘルム様に差し上げたサンドイッチを一口分ちぎって、しっかり咀嚼《そしやく》して呑み込んで

見せる。

「この通り。毒は入っていないので、ご安心ください」

エメラルド色の目を呆気《あつけ》にとられたように丸くしたヴィルヘルム様は、再び笑い出す。

どうして、笑うのかしら。まあ、悲しまれるより、楽しんでくださった方が気分はいいけれども。

「面白い人だね。ありがとう。……そうだね。せっかくだし、これからのためにも、食べないといけないいね。いただくよ」

何かしら……。

柔らかな表情が少し強張っているように感じる。それに緊張しているような？

ヴィルヘルム様は口を開くけれど、サンドイッチを口にできない。

「ヴィルヘルム様？」

「兄上、召し上がってほしいのは山々ですが、ご無理なさらないでください」

ご無理？　あ、もしかして、サンドイッチが苦手だったのかしら。

「私ったら、ご配慮ができず申し訳ございません。サンドイッチ、お嫌いでしたか？」

「ああ、違うんだ。ごめんね。私は食事が苦手で……」

「食事が……やはり持病がおありですか？」

「いや、持病ではないんだ。すまないね」

もしかして、前の私と同じ精神的なもの……でなのかしら。

「いいえ、とんでもございません。ご無理はなさらないでくださいね」

私が食べられない時、強引に食事を勧められるのがすごく苦痛だった。もし、精神的な理由だとしたら、無理強いはしたくないわ。

「あ、そうだわ。よろしければ、これもどうぞ」

バスケットの中から、包みを取り出す。

「これは？」

包みを開いて、ヴィルヘルム様にお見せする。薄いピンク色のキラキラした宝石――に見えるお菓子だ。

「綺麗だね。宝石？ 見たことがない種類だ」

「いいえ、これはお菓子なんです」

「えっ！ 本当に？」

「ちょっと、そんなこと言って、兄上に石ころを食べさせようとしているんじゃないだろうね」

「こら、ケヴィン、失礼なことばかり言ってはいけないよ。私のことを心配してくれるのは嬉しいけれど、人を不快にさせては駄目だ」

「す、すみません。つい……」

「いいえ、構いませんよ。私も初めて見た時には、食べ物だなんて思いませんでしたし。ご覧になっていてくださいね」

毒味も兼ねて、その場で食べて見せる。

シャリッという音と共に口の中いっぱいに苺《いちご》の甘酸っぱさが広がった。咀嚼と共に、シャキシャキいい音がする。

「ね？　ちゃんと食べられます」

「こんなお菓子があるなんて驚いたよ」

「ええ、私も旅先で初めて知りまして、驚きました。まさかこんなお菓子があるだなんて。それで、レシピを聞いて作ってみたんです」

「えっ！　キミが作ったの？　すごいね。こんな不思議なものを作れるだなんて、魔法使いみたいだ」

おばあさまと同じことを仰《おつしや》るものだから、普段は滅多に表情が変わらないのに、自分の口元が綻ぶのを感じる。

「あ……」

「どうなさいました？」

「いや、笑うと、もっと可愛いなぁと思って」

この方は、どうしてこうもポンポンそういうことを仰ってくるのかしら。

「……っ……えっと、寒天という海藻を乾燥させたものと、砂糖をお水で煮詰めて、色付けしたものを冷やすとプルンとゼリーみたいになるんですが、それを適当な大きさに切って、数日乾燥させるとこうして宝石みたいになるんです。ピンク色なのは、途中で苺の果汁を入れてあるからですよ」

笑った顔をあまり人に見せることがない分、なんだか気恥ずかしくなって、口数が多くなってしまう。

料理に興味がない人に、お菓子の材料や作り方を話してどうするのよ。

「へえ……すごいな」

ヴィルヘルム様は、感心するように頷く。意外にも、興味を持ってくださったみたい。

「これなら食べ物のように見えないですし、少しは召し上がれるかなと。気が向いたら、召し上がってみてください。日持ちするものなので」

「ありがとう。優しいね。……うん、本当に綺麗だ。キミのように身も心も美しい人が作ったから、こんなにも美しいんだね」

また、そんなことを言って……。

今まで私にこんな風に甘い言葉をかけてくる人なんて一人もいなかったから、どう対応していいかわからない。

貴族男性の中には、どんな女性にも挨拶代わりに甘い言葉をかける人がいる。

それは知っていたけれど、ビダル様の婚約者という肩書きがある私に、そういった言葉をかけるということは、次期国王であるビダル様に対する侮辱だ。

ビダル様を敵に回してまでも私に声をかけたい男性なんて、一人もいなかった。

そこまでの美貌《びぼう》や魅力なんて私にはないもの。婚約破棄をしても、そう。ビダル様の元婚約者である私に声をかけたい男性なんていない。

だから何も考えていなかったし、考える必要もなかったのだけれど、そういう時の対応も勉強しておけばよかったわ。だんまりなんて、相手に失礼だもの。

「アリシアお嬢様は、お綺麗なだけでなく、料理がご趣味で、とてもお上手なんです。お菓子だけでなくそのサンドイッチも、お嬢様がお作りになったんですよ」

私がお二人を見てそう判断したように、お二人も私たちの身なりを見て貴族だと思っているはず。

お父様やお母様のように、貴族なのに料理をするなんて……と。思うかもしれない。

おばあさまを侮辱されるみたいで、嫌だわ。

「えっ！　このサンドイッチも？　そうなんだ。すごいなぁ……私は料理ができないから、尊敬するよ。とても難しいんだよね？」

「え、ええ……」

ヴィルヘルム様からの反応があまりにも予想外で、呆気に取られてしまった。

社交辞令ではなくて、本当に驚いている様子だった。

「あんた、貴族でしょ？　貧乏貴族って感じでもないし、なんで料理なんか？　普通は使用人がすることだろ？」

ケヴィン様は、予想通りの反応だわ。

でも、蔑むような言い方ではなくて、純粋に質問をぶつけられているということがわかるから、気分は悪くなかった。

「ケヴィン、どうしてそう失礼なことばかり言うんだ？」

「す、すみません」

ヴィルヘルム様にジッと睨《にら》まれ、ケヴィン様がたじろぐのがわかる。

きっと、思ったことを正直に言ってしまう人なのね。

「お気になさらないでください。私が料理をするのは、料理がとても好きだからです」

「アリシアお嬢様、そろそろ向かわないと、間に合わなくなってしまいますわ」

「あっ！　そうね」

今日はお昼に開店して、商品がなくなった時点で閉店となるフルーツキャンディの人気店に行きたいと思っていた。

いつもは開店から一時間ほどでなくなってしまうらしい。

明日には帰国の船のチケットを予約してあるし、昼までは滞在できるけれど、明日は定休日なので、今日を逃すと買えない。この目で見て、味わって、帰国したら私も作ってみたい。

「それでは、私たちはこれで失礼致します。どうかお大事に」

「アリシア、親切にありがとう。食事は苦手だけど、キミに貰ったサンドイッチとお菓子は必ずいただくよ」

「ありがとうございます。でも、くれぐれもご無理なさらないでくださいね。私はそのお気持ちだけで嬉しいので」

お二人と別れて馬車に乗った私たちは、無事にフルーツキャンディを購入することができた。

果物によって飴《あめ》の厚さを変えていて、それが絶妙で美味しい。

ご亭主は果物農園も営んでいて、キャンディに合うように果物の品種改良を重ねているそうだ。

私も自分で野菜や果物を育ててみたいわ。帰国したら勉強して、簡単なものから挑戦してみましょう。

——それにしても、人生、何が起きるかわからないものね。

まさか、自分がこんなにもワクワクする人生を送れるだなんて……ちょっと、いえ、大分癪に障るけれど、カリナに少しだけ感謝しましょう。

街のお菓子屋さんを回り、評判のレストランで夕食を取った私たちは、予約していたホテルへ向かう。

「う……お腹が苦しい。今日もたくさん食べてしまいました。また、太ってしまいます。明日からは控えないと……」

「帰国してからでいいじゃない。せっかくの旅行ですもの」

「もう、お嬢様はそうやって、いつも私を誘惑するんですからっ！　お嬢様もわかりますよ……三十代を越えると、なかなか痩せないんですよ。太るのはとても簡単なのに」

ブツブツ呟《つぶや》くドリスを宥めながら、馬車を降りた。

そういえば、ヴィルヘルム様は、食事を召し上がれたかしら。

ヴィルヘルム様のことが、とても気になる。彼と昔の自分の姿が重なるから？　いいえ、それだけじゃないような……。

ロビーに入ったところで、ヴィルヘルム様とケヴィン様の姿を見つけた。

あっ……！

心の中で声を上げるのと同時に、ドリスが「あっ」と声を上げる。彼女の声に驚いたお二人も振り返って、驚いた様子で目を丸くした。

「やあ、キミたちもこのホテルに？」

「ええ、一泊します。ヴィルヘルム様とケヴィン様も？」

「そうなんだ。私たちは二泊するんだ。会えて嬉しいよ。サンドイッチとお菓子の感想を伝えたかったたから」

「召し上がって頂けたのですか？」

「ああ、とても美味しかったよ。ありがとう。食事を美味しいと思ったのは、いつぶりだろう。おかげであの後、馬車に乗っても気分が悪くならなかったよ」

よかった……。

「そうでしたか」

「あの宝石みたいなお菓子も、不思議な食感で、食べていて楽しかったよ。外側はカリカリなのに、中はとても柔らかくて、楽しんでいるうちに気が付いたらなくなっていた」

「よかった。見た目も美しいですが、食感も楽しいですよね。最初に考えた方は本当にすごいです」

　私もいつか、こんな風に面白いと思ってもらえるようなレシピを生み出したい。

「この調子で、ディナーも召し上がって頂けたら良かったんですけどね」

　ため息を吐くケヴィン様を見て、ヴィルヘルム様が苦笑いを浮かべる。

「じゃあ、夜は召し上がっていないのね。

「お昼に頂いたからいいんだよ」

「お昼はお昼でしょう。今は夜ですよ」

「一食頂けたら十分だ」

「足りるわけないでしょう。また具合が悪くなったら、どうするんですか。何も食べないよりは幾分かマシですが、あれだけじゃ成人男性一人分の栄養にはほど遠いですよ」

　朝、昼、晩……一日に三度やってくる食事の時間が、罰のように感じていた時代を思い出す。

「お見苦しいところを見せてすまなかったね。私の部屋は七〇二号室だ。弟とは別の部屋だから安心して」

「えっ」

　安心って、どういう意味かしら……。

「兄上、悪い癖もほどほどにしていただかないと」

「悪い癖なんて、人聞きが悪いことを言わないでほしいな」

お二人のやり取りを見て、ドリスが「まあ！」と声を上げた。

え、どうして「まあ！」なの？

「アリシアお嬢様、行きましょう」

「ええ、それでは、失礼致します」

「ああ、またね」

笑顔のヴィルヘルム様と、彼をジトリと睨むケヴィン様に背中を見送られながら、部屋へと移動した。

一人部屋しか取れなかったから、ドリスとは別部屋……と言っても、隣同士だけどね。

「ねえ、ドリス。さっきのはどういう意味なの？」

「アリシアお嬢様は、知る必要のないことですわ。それよりも、すぐにご入浴されますか？それとも少しお休みになってからに致しますか？」

サラリと流されてしまったわ。

「後は一人でできるから、あなたはもう休んで。疲れたでしょう？」

「いえいえ、そんなこと……」

長旅に付き合わせているのだもの。疲れていないわけがないわ。

「今日は一人で入りたい気分なの。一人でちゃんとできるわ。だから、ね？」

「わかりました。あっ！　湯上がりには……」

「オイルを塗るんでしょう？　忘れないから、大丈夫よ」

「その通りです。では、下がらせて頂きますね。おやすみなさいませ」

「ええ、おやすみなさい」

ドリスに下がってもらい、ソファに座って一息吐いた。

たくさん歩いたし、足がジンジンするわ。

脹脛《ふくらはぎ》に触れると、やっぱり浮腫《むく》んでいる。

ゆっくりとお湯に浸《つ》かって、マッサージをしよう。

早速バスルームへ向かおうとするけれど、ヴィルヘルム様の顔が頭の中をちらつく。

スープなら、お腹に入れられないかしら。

「……初対面よ。首を突っ込みすぎだわ。ヴィルヘルム様だって、迷惑かもしれない」

自分に言い聞かせるようにわざと声に出す。でも、どうしても、ヴィルヘルム様のことが気になる。

ヴィルヘルム様が食事を召し上がれなくなったのは、私と同じく精神的な問題のせいなのかしら。

考えないようにしようと思っても、どうしても考えてしまう。

居ても立ってもいられなくなった私は、フロントで交渉し、ホテルのキッチンを使わせてもらうことにした。

食料庫の野菜とソーセージを購入させてもらい、スープを作った。じっくり煮込んだから、野菜は舌で上顎に押し付けるだけで崩れる。

スープとデザートにカットオレンジを持って、ヴィルヘルム様のお部屋へ向かう。どちらもサッパリしているし、これなら、召し上がってもらえるかもしれない。

ちなみにオレンジは、先ほど市場で買ったこの国にしかない品種のもので、とても甘くて美味しかった。

でも、煮込んでいたから、時間がかかってしまったわ。もう、休んでいらっしゃるかしら……。

七〇二号室の前で足を止めて、小さくノックする。

ここで、合っているわよね？

『はい』

よかった、合っている。ヴィルヘルム様の声だ。

「アリシアです。入ってもよろしいですか？」

『えっ！　ちょっと待っていて』

ヴィルヘルム様は、すぐに扉を開けてくれた。

「まさか、来てくれるなんて思わなかった。嬉しいよ」

扉が開いた瞬間、ふわりと石鹸《せっけん》の良い香りがした。ヴィルヘルム様はガウンを羽織っていて、銀色の髪の先が、少し濡《ぬ》れている。入浴後だったようだ。

男性のこんな姿を見るのは初めてで、目のやり場に困る。

な、なんだか、妙な色気を感じるわ。

「えっと、遅くに申し訳ございません……あの……」

「夜這《よば》いしに来てくれたのかと思ったけれど、違うようだね」

また、そんな軽いことを言って……。

先ほどのロビーのやり取りの意味がようやくわかった。

随分ご冗談がお好きな方のようだけど、どう返したら失礼に当たらないかわからないから、やめていただきたいわ。

「ええ、夕食を召し上がっていらっしゃらないと仰っていたので、スープを作りまして。もしよければ、どうぞ」

「わざわざ作ってくれたの？」

「はい、ホテルのキッチンを借りることができましたので。あ、でも、ご無理なさらないでくださいね。私が勝手に作っただけのことなので」

「ありがとう。全部は無理かもしれないけれど、いただくよ。一人で食べるのは味気ないし、付き合ってくれないかな?」

「それは……」

自分で訪ねておいてなのだけれども、先ほどであったばかりの男性の部屋に、未婚の女性が一人で……というのは、いかがなものかしら。

「スープの感想も伝えたいし……」

でも、その一言で心が大きく揺れてしまった。

感想は貴重だ。新たな味付けに繋がることもある。

「わかりました。お邪魔致します」

中に入ると、とても広い。一目見ただけで調度品は高価なものだとわかるし、飾られている絵画も、王宮に飾られる絵を描いた有名な画家のものだ。

七階は特別室だと記憶していたけれど、やっぱりそうだったみたい。

このホテルは貴族や実業家といった、それなりの身分がある人間しか泊まれない。

七階はその中でもさらに選ばれた身分の者しか泊まることができなくて、相当な金額が必要だそう。

この部屋に泊まっているということは、上級貴族……身なりから想像できたけれど、やっぱり。

ちなみに私の部屋は、そこまで高くない部屋。

今回の旅はほとんどを外で過ごすし、安全に眠れる空間と清潔なベッドがあれば、広さはいらないし、実際に特に不便は感じない。

テーブルにスープを置くと、ヴィルヘルム様が椅子を引いてくださった。

「ありがとうございます」

「こちらこそ。ただ広くて寂しい部屋だと思っていたけれど、アリシアが来てくれたから華やかに見えるよ」

「確かにこれだけ広ければ、少々飾り物を置いたところで、殺風景に感じるかもしれませんね」

「あれ、そう取る？　つれないね。でも、そういうところもいいね」

そう取る？　意味を間違えて取ってしまったのかしら。

思わず首を傾《かし》げてしまうと、クスッと笑われた。

「じゃあ、いただきます」

「どうぞ召し上がってください。ご無理だけはなさらないでくださいね」

「ありがとう」

　ヴィルヘルム様はスープをすくって、口元へ持っていく。

「あ、美味しい。生姜《しょうが》がよく利いているね」

「ええ、たっぷり入れました。苦手ではないですか？」

「うん、好きでも、嫌いでもないけど、この味はすごく好きだよ」

　とても嬉しい言葉だった。

「本当だ。さっきまですごく冷えてたんだけど、身体がポカポカしてきた」

「よかったです。長い間お食事をされていない生活が続くと、基礎体温が下がって、やけに身体が冷えるように感じますから。ヴィルヘルム様は普段から冷えますか？」

「え、そうなんだ？　ああ、普段からなんだ。なるほど、やけに身体が冷えるのは、そのせいか。バスタブでいくら身体を温めてもすぐに冷えるから、そういう体質だと思っていた」

「普段から生姜を積極的に取るといいです。胃にも良いですし。お食事が難しいようでしたら、紅茶に入れて、蜂蜜をたっぷり垂らしても美味しいですよ」

「紅茶か、どんな味になるんだろう。想像がつかないな」

「好き嫌いが分かれるかもしれませんね。私は結構好きです。冬にはよく飲みますよ」

「へえ、そうなんだ。ああ、野菜が柔らかい。これなら苦労せずに食べられそうだ」

綺麗な召し上がり方……。

一つ一つの動作に品があって、つい見惚れてしまう。そのことに気が付いたのは、スープから私に視線を移したヴィルヘルム様と目が合ったからだった。

ジッと見るなんて、はしたないことをしたわ。

さりげなく視線を逸らそうとしたその時、ヴィルヘルム様がにっこり微笑む。

「ずっと気になっていたんだ。どうして、こんなにもキミが親身になってくれるのか、聞いてもいいかな?」

「あっ……申し訳ございません。初対面なのに、ご迷惑でしたか?」

「いや、そういう意味ではないんだ。とても嬉しいし、ありがたいよ。ただ、理由が知りたいだけ。キミのように美しい女性が相手なんだ。素敵な理由だったら……って、つい期待してしまってね」

素敵な理由……とは、具体的に、どういう理由だろう。考えてもわからなかったので、素直に諦める。

「ヴィルヘルム様がご期待していらっしゃる理由なのかは、私にはわからないのですが、私がヴィルヘルム様が気になるのは、私も食べられなくなった経験があるからです」

「アリシアも？」

「はい、心が弱ってしまった時に」

ヴィルヘルム様から笑顔が消え、真面目な表情になる。

「……もし、よかったら、その時のことを聞かせてもらえないかな？」

「えっ」

「ああ、でも、話すことで辛い思いをさせてしまうなら、無理に……とは言うつもりはないけれど、私も食が進まないのは、心の問題が大きくてね。キミの話を聞いてみたいなと思って。まあ、キミのことをもっと知りたいという下心もあるけれど」

下心なんて誤魔化しているけれど、きっと少しでも情報が欲しいのね。

ヴィルヘルム様は、チャロアイトの貴族ではないわ。私のことも知らないようだし、ある程度を伏せればお話しをしても、問題なさそうね。

「わかりました。お話し致します」

「ありがとう」

一度深呼吸をしてから、口を開く。

「……私は生まれた時から、とある方の妻になることが決まっておりまして、その方に相応しい女性になるため、両親の下《もと》、厳しく育てられていました。努力を重ねてきたんですが、いつしか、その重圧に負けてしまって……」

「そうだったんだ」

「ええ、私には妹がいるのですが、妹が両親に可愛がられるたびに、『どうして、私のことは可愛がってくださらないのに、妹だけ……』なんて、どうしても自分と比べてしまいまして、それで余計に」

「ただでさえ辛いのに、比べる対象がいると余計に辛かっただろうね……」

「ええ、大人になった今でも、正直面白くない気持ちはあるくらいなので、幼い頃は余計に辛かったです。そのうち、食事を受け付けなくなりました」

両親に怒られて、無理して食べようとしても、身体が受け付けなかったこと。

もう、どうしたらいいかわからなくて、真っ暗闇に閉じ込められてしまったように感じていた時、それを助けてくれたのは、おばあさまと料理だったこと……当時の状況を説明していくと、おばあさまに話した時ほど……ではないけれど、少し胸が痛い。

こうしてヴィルヘルム様に話したことで、気が付いた。

自分の中では、もうとっくに解決した問題だと思っていたけれど、密かに燻《くすぶ》り続けていたのかもしれない。

もう、終わりにしないとね……。

「持病で召し上がれないのではないとお聞きして、ヴィルヘルム様も私と同じく精神的なことで食事を受け付けないのではないかと思いまして。失礼ながら、ヴィルヘルム様と幼い頃の自分が重なって、少しでもお力になりたいと……」

ヴィルヘルム様の視線が、左手の薬指に向かうのがわかった。

「ありがとう。キミの婚約者が羨ましいよ。こんなにも美しくて、優しい女性が妻になってくれるなんて……ああ、これが『嫉妬』という感情なんだね。こんな感情を覚えるのは、生まれて初めてだ」

ああ、結婚指輪があるかどうかを確かめたのね。

「いいえ、その方とは婚約解消になったんです」

「婚約解消？　それは、どうして……」

「妹と婚約することになったからです。私に苛められたという妹の嘘を信じてしまいまして……妹は以前より、彼と結婚したがっていたのですが、まさかこんな流れになるとは思いませんでした」

「なんて酷い……とても辛い思いをしたんだね」

「ええ、でも、ヴィルヘルム様がお考えになる『辛い』という気持ちとは、少しずれているかもしれません」

「というと?」

「幼い頃から彼を知っているので、婚約者……というよりも、私の中では友人だったんです。それもとても親しい友人。彼もそうだと言ってくれて、とても嬉しかったです。私たちの中に男女としての愛情は生まれない。でも、こういう形の夫婦があってもいいと。ですから、私の話を聞かずに、妹の話を一方的に聞いて信じてしまわれたのが、とても辛くて、悲しかったです。大切な友人に、裏切られた気分でした」

「なるほど。確かに私の考えていた『辛い』とは、違うね。それにしても、酷い……幼い頃から長年の付き合いなのに、話も聞いてもらえないなんて……」

「ええ、悲しかったですが、結果的には婚約解消していただけて、よかったです。訳あって、私に求婚してくださる方はいらっしゃいませんので、一生独身でいられるのですもの」

「それで、いいの?」

訳あって……のところを詳しく尋ねられなくてよかったわ。

ビダル様のご身分を明かすわけにはいかないし、どう誤魔化していいか、すぐには思いつきそうにないもの。

今の時代は、女性は結婚し、子を産むのが一般的……ヴィルヘルム様が疑問に思うのは、当然のことだ。

「ええ、私の幸せは、結婚をすることではなく、料理をすることです。結婚したら、そうできる環境にありませんでしたから、いつかは止めなければと覚悟しておりました。でも、その必要はなくなり、私は自由の身です。いつでも料理ができます。こうして各国の料理に触れることを目的とした旅行もできます。それがとても幸せです」

「ああ、そうか。そのために旅行をしていたんだ」

「はい、たくさんの料理に触れることができました」

少し前の私に今の生活を教えてあげたら、どれだけ喜ぶことだろう。

「友人を失ったのは悲しいことでしたが、代わりに得たこともありました。だから私は、これでよかったと思います」

「本当に？」

「ええ、本当です」

お疑いなのかしら……。

ヴィルヘルム様は私をまじまじと眺め、やがて柔らかく微笑んだ。

「疑うようなことを言ってごめん。私に心配をかけないように……とか、その場の雰囲気を暗くしないようにと、無理をしてくれているのではないかと思ってね。感情を抑えつけるのは、心に負担をかける。それは嫌だなぁと思ったんだ。無理していないのなら、よかった」

　優しいお方――私のことを気遣ってくださったのね。

「ありがとうございます。むしろ、あの方の妻になる方が、私にとっては辛かったかもしれません……」

　言い終わった後に、とんでもなく無礼なことを口にしたことに気付く。

「申し訳ございません。忘れてください。辛かった……なんて、彼に失礼ですね」

「謝る必要なんてない。失礼なのは彼の方だ。友人の言葉を聞かず、キミの妹の言葉を信じるなんてどうかしている。キミの妹も妹だ。なんて性格が悪いんだ。優しいキミの妹とは思えない」

　ヴィルヘルム様のお顔から笑みが消え、眉間には深い皺《しわ》が刻まれていた。

　心からカリナを怒ってくれていることが伝わってきて、胸の中が温かくなって、なぜか涙が出てきそうになる。

　泣いては駄目。変に思われるわ。

「あっ……ごめん。キミの妹を悪く言ってしまって……」

「いいえ、謝らないでください。怒ってくださって、嬉しかったです。……血の繋がりがあるのに、私は妹が嫌いです。姉に生まれたのだから、広い心で受け止められなければいけないとはわかっていても、今までの嫌な思い出ばかりが頭に浮かんで、どうしても駄目なんです」

いけない。言わなくてもいいことまで、口にしてしまった。

どうしてかしら。ヴィルヘルム様の前では、つい喋《しゃべ》りすぎてしまうわ。

国から離れて、気が緩んでいるのかしら。……ううん、違うわ。旅行に来てからしばらく経つけれど、こんなのは初めて。

「キミは正直な人だね」

「ご気分を害されましたら、申し訳ございません。忘れていただけましたら……」

「いや、大丈夫だ。血の繋がりなんて、関係ないよ。嫌いなものは、嫌いでいいと思う。私も血の繋がりのある父が大嫌いだ。世界で一番ね」

「ヴィルヘルム様も……」

柔らかく微笑んだヴィルヘルム様は、また一口スープを飲んだ。

「……私が食事を受け付けなくなったのも、キミと少し似ているかもしれない」

「よかったら、お伺いしても?」

「ああ、私も話したい。誰にも話すつもりはなかったのだけど、キミには聞いてほしい」

同じ症状を体験した人間として、お話しをしてみようという気になったのかしら。

それはとてもいいことだわ。私もおばあさまにお話を聞いて頂いて、随分と心が軽くなったもの。

あのまま、自分の中だけに溜《た》め込み続けていたら、どうなっていただろう。考えると、とても恐ろしい。

「私はとある大きな家の生まれで、厳しい父と優しい母の間に長男として生まれたんだ。ちなみに弟も一人」

「ケヴィン様ですね」

「そう。キミには随分失礼なことをしたね。不快な思いをさせて、申し訳ない。でも、いい子なんだ。許してやってほしい」

「気にしておりません」

「優しいね。ありがとう」

本当に不快に感じてなどいないけれど、気を使っていると思われているのかしら。

あの時、ケヴィン様が兄であるヴィルヘルム様を大切に想《おも》っていらっしゃるのが伝わってきて、むしろ微笑ましかったし、羨ましかった。

私もカリナと、こんな風に仲がよかったら……と思う。

「父は私を後継ぎとして厳しく育てたが、私はあまり出来のいい子供ではなくてね。そうすると私に折檻《せっかん》する他、母に辛く当たった。言葉の暴力もあったし、肉体的にも」

「そんな……」

「私がよく見たのは、頬《ほお》を叩かれているところだった。でも、今思えば、陰ではもっと酷いことをしていた可能性もあるね。もう、二人とも亡くなっているから、確かめる術はないのだけれど……」

「……辛いですね。自分が折檻を受けるよりも、ずっと」

「わかってもらえて嬉しいよ。本当にそうなんだ。自分が折檻《せっかん》されるよりも、ずっと辛い……。でも父は、私のそういう感情を見抜いていたのかもしれない。母に辛く当たれば、必死に頑張るだろうなと。まあ、とにかく愚かな私は、父の手の平で必死に踊っていたよ。それはそれは無様にね」

「子供は心も幼いのですから、わからなくて当然です。愚かなどではありません。一生懸命に頑張られて、ご立派です」

でも、ヴィルヘルム様のお気持ちは、痛いほどわかる。

愚かなのはヴィルヘルム様ではないわ。何も知らない彼を自分の思うがままに動かせると思った彼のお父様よ。

それでも健気《けなげ》に頑張ろうとした幼い頃のヴィルヘルム様を想像したら、強く抱きしめて、「良く頑張ったわね」と言って、頭を撫でたいと思ってしまう。

「ありがとう。……私はあまり器用な人間ではなくてね。必死に頑張っても、必ずどこかで失敗してしまう。それを責められるのは、家族が揃《そろ》う食事の席だった」

「だから、食事が……」

「そう。食事をするたびに、どうしてもその時の記憶が蘇《よみがえ》って、喉を通らなくなるんだ。両親がいなくなった今でも」

「いなくなった……ということは、ご別居されたということで？」

「いや、亡くなったんだ。母は大分前に流行《はや》り病で、父は少し前に事故で」

「そうでしたか。申し訳ございません」

お父様からの虐待とも取れる育て方から、別居はないと思った。

でも、縁起の悪いことを口にするのはどうかと思ってそう尋ねたのだけれど、やっぱり亡くなっていたのね。

「諸悪の根源がいなくなっても、やはり食事は苦手で、つい避けてしまうんだ。必要最低限は口にするようにはしているけれどね」

お食事を持って押しかけるなんて、酷なことをしてしまったかしら……。

「だから、食事の席でこんな穏やかな気持ちになるなんて、初めてなんだ」

「えっ」

「美味しいと感じるのも初めてだ。キミが作ってくれたものだからだね」

ああ、私が気に病まないようにと、配慮してくださっているのね。

「そうでしたか。ありがとうございます」

でも、気付かないふりをする。せっかくのご配慮ですもの。台無しにするなんて申し訳のないことをしたくない。

ヴィルヘルム様は、スープを全て召し上がってくださった。

私が食べられない時には、お皿の中の食事が残っているほどにプレッシャーを感じた。だから少な目に盛ったのだけれど、完食してくださるとは思わなかった。

「このオレンジ、甘くて美味しいね」

どうしてかしら。ヴィルヘルム様の笑顔を見ていると、なぜかホッとする。

「先ほど市場で購入しました。この国にしかない品種のものだそうですよ。……あの、ご無理させてしまってはいないでしょうか？」

「無理？」

「私が作ったものだから、無理して召し上がってくださったのかと……」

もっと早くに、お声をかけるべきだった。話に夢中になって、気遣いを忘れるなんて、とんだ失態だわ。

「ああ、こんなに食べていたのか。気付かなかった。こんなに食べられたんだ……自分でも驚いたよ」

「そうでしたか」

よかった……。

「毎日キミの作ってくれたものが、食べられたらいいのに」

「ありがとうございます。そう言っていただけて、とても嬉しいです」

とても嬉しい。普段食事が苦手な方だからこそ余計に。

素直にお礼を言うと、ヴィルヘルム様が瞳を丸くする。

「おや、あっさり流されてしまった」

「え？　流されて……とは？」

「無自覚なのかな？　可愛いね」

無自覚？　何のことかしら。よくわからないわ。きっと、ヴィルヘルム様なりの冗談なのね。

わからないのが申し訳ないわ。

「ところで、アリシアは、どこの国からきたのかな？　名前だけでなく、家名も教えてもらいたいな」

「えっ」

「キミのことをよく知りたいんだ。私がキミのことで知っているのは、姿だけでなく、心も天使のように美しい女性ということ、この美しい手で作り出す料理が素晴らしいということだけだ」

ヴィルヘルム様はテーブルに置いていた私の手を握って、ジッと真っ直ぐに見つめてくる。

よく知りたい……と思ってくださるのは嬉しい。でも、国や名前がわかれば、私の素性も知られてしまう。

それはまずい。ビダル様のスキャンダルになる。

国内では私が自分よりも優秀なカリナを苛め抜き、それに気付いて助けたビダル様とカリナは、自然と恋仲になって婚約に至ったということになっているのだ。

ビダル様自身もそう思っているのでしょう。

真相を知るのは、私たち姉妹だけ。ヴィルヘルム様から本当の話を口外されでもしたら……信じてもらえる、もらえないに関わらずチャロアイトの恥になるわ。

不名誉な話を拭いたいという気持ちはある。でも、そのことによって国が揺らぎでもしたら、国民の生活に影響が及ぶ。

大げさかもしれない。でも、人の気持ちと同じく国は不安定なもの。ひょんなきっかけで情勢が悪化する可能性だってあるのだから油断はできないわ。

「ああ、ごめん。こちらから名乗るのが礼儀だね。私は……」

「あっ……！　仰らないでください」

　握られていた手を解いて、ヴィルヘルム様の口の前に持っていく。

「アリシア？」

「申し訳ございません。私の家名や国のことはお伝えできないのです。それなのに私だけがお聞きしては、不公平ですから」

「何か事情があるんだね？」

「はい、申し訳ございません。でも、どうしてもお伝えできないのです」

　お気を悪くさせてしまったかしら……。

　ヴィルヘルム様は不満を顔に出すどころか、笑顔を崩すことはなかった。

「ミステリアスなところも素敵だね。追及したいところだけれど、困らせて嫌われたくないから今夜のところは我慢するよ」

「ありがとうございます」

　安堵《あんど》のあまり、身体から力が抜けた。

「このオレンジ、本当に美味しいね」

「お気に召していただけてよかったです」

　ヴィルヘルム様は、スープと同様に、オレンジも全て召し上がってくださった。

「とても美味しかったよ。ご馳走様」

「よかったです」

食器を片付けていると、ヴィルヘルム様がため息交じりに笑う。

「……正直、この旅行にはあまり乗り気じゃなかったんだ」

「そうだったのですか？」

「ああ、ケヴィンに疲れているだろうから、息抜きも必要だと誘われた旅行なんだ」

「まあ、なんてお優しいのかしら」

「そうなんだ。とても優しい子なんだ。私を心配してくれる気持ちを無碍《むげ》にしたくなくて来たのだけれど、先ほどのように食事を取っていない状態だと移動が辛くてね。ケヴィンには申し訳ないが、出発したことをかなり後悔していたんだ。でも、キミと出会えて、こうして親しくなれた。来てよかった。ケヴィンには、改めて感謝しなければいけないね」

「私もヴィルヘルム様とお会いして、お話しできてよかったと思います。料理のご感想を聞かせていただくことができましたし、とても勉強になりました」

「それだけ？」

食器を片付ける私の手に、ヴィルヘルム様の長い指が伸びる。思わず顔を上げると、艶やかな笑みを浮かべる彼と目が合った。

「え？　はい」

「やっぱりつれないな。まあ、これから育《はぐく》めるように努力しよう」

これから？

また、会えるような言い方だわ。

同じ国の人間ならまだしも、違う国の人間——お互い詳しい情報を交換すれば、また再会する機会もあるかもしれなかったけれど、もう二度とお会いすることはないのに。

いえ、ユニークな方だもの。わかっていながらも、そういう言い方をしたのかもしれないわ。

「では、お邪魔致しました」

「もう、行ってしまうの？　ゆっくりしていけばいいのに」

「ええ、私もそろそろ休もうと思っていますので。ヴィルヘルム様も、身体が温かいうちにどうかお休みくださいね」

◆◇◆

ヴィルヘルム様の部屋を後にした私は、キッチンに食器を返した後、自室に戻ろうとしたのだけれど、気が変わって再び調理台を借りることにした。

翌朝、私たちはチェックアウトを済ませるために、ロビーに出てきた。かなり混んでいて、順番がくるまでしばらく待ちそうだ。

「アリシア様、目が少し赤いですね。お疲れでは？」

「そんなことないわ。きっと空気が乾燥しているせいね」

「本当ですか？　昨夜は本当に早くお休みになりました？　夜更かししたのでは？」

す、鋭いわ。

「ええ、すぐベッドに入ったわ。なかなか寝付けなかったけれどね」

「そうですか。それなら、まあ、仕方ないですわね。では、私はチェックアウトを済ませてまいりますので、少々お待ちください」

「わかったわ」

チェックアウトを済ませに行くドリスの背中を見送り、私は鞄の中に忍ばせたビスケットを取り出す。

これは昨夜、作ったものだ。

バターを控え目にしていて、サッパリした味わいに仕上げた。ヴィルヘルム様のことが頭から離れなくて、いつの間にか作っていたのだ。

本当は今朝、部屋を訪ねてお渡ししようと思っていたのだけれど、焼き終わるのに夜遅くまでかかってしまったものだから、寝坊してしまって伺えなかった。

この時間に、お渡ししに行こうかしら。ドリスに言えば、昨日夜更かしをしたことがばれてしまうから、こっそり……。

「アリシア」

腰を上げた瞬間、後ろからヴィルヘルム様の声が聞こえて驚いた。振り返ると笑顔の彼が、こちらに颯爽《さっそう》と歩いてくる。

チェックアウトで集まる人々が、歩くヴィルヘルム様に注目するのがわかった。

無理もないわ。絵画に描かれた人々の理想をこれでもかと詰め込んだ大天使が、現実世界に抜け出したかのような美貌だもの。

カウンターに並ぶドリスは、周りとは別の意味で驚いているみたい。

「ヴィルヘルム様、おはようございます。これからおでかけですか？」

ちょうどよかった。お会いできてよかったわ。

「いや、アリシアに会いに来たんだ」

「私に？」

「美味しい食事のお礼と、出会えた記念に」

可愛らしくラッピングされた細長い箱を差し出され、私は戸惑いながらもそれを受け取る。

「ありがとうございます。開けてもいいでしょうか？」

「もちろん」

ドキドキする。

どうしてかしら。たくさんの人からいくつもプレゼントを貰ってきた。でも、こんなに胸が高鳴ることなんてなかったのに。

包みの中から出てきたのは、薄い青色をしたリボンだった。薔薇《ばら》の精緻な刺繍《ししゅう》が入っていて、縁にはフリルが付いていていて可愛らしい。

「素敵……」

「気に入ってもらえてよかった。料理をする時、髪を結ぶだろう？　その時にでも使ってくれたら、嬉しいよ」

「ありがとうございます。ですが、こんな素敵なリボンをどこで？　まだ早朝で、お店は開いてないはずでは？」

「ああ、この街の人は親切だね。頼んだら、快く店を開けてくれたよ」

「えっ！　わざわざ開けてもらってまで？」

「どうしても何かお礼がしたくて。迷惑だったかな？」

「とんでもないです。ありがとうございます。大切に致しますね」

わざわざ開けてもらってまで、私のためにプレゼントを……と思ってくれるその気持ちが嬉しい。

胸の中がポカポカする。まるで、春の陽だまりの中を歩いているみたいだわ。

「私も今、ヴィルヘルム様のお部屋へ伺おうと思っていたところだったんです」

「おや、それは嬉しいね。別れのキスをしてくれるつもりだった？」

また、その手のご冗談を仰って……。

「ビスケットを作ったので、お渡ししたかったんです。日持ちしますので、食べられそうな時に召し上がっていただけたら」

「もしかして、昨日あれから？」

「ええ」

「遅くまでかかったのだろう？　目が少し赤い」

不意に頬に触れられ、危なくビスケットの入った包みを落としそうになってしまう。咄嗟《とっさ》に一歩引くことで、ヴィルヘルム様の長い指から逃れた。

「お、お気になさらないでください」

「私のためにすまないね」

「いえ、私がしたいと思って、勝手にしたことです。あの、少し砂糖を多めにして作っています。お食事をされないと低血糖になって具合が悪くなることもございますので、その際には一口でも召し上がってください」

「ありがとう。大切に頂くよ。食事は苦手だけど、キミの作ってくれたものなら口にできる」

「光栄です」

「アリシア様、お待たせ致しました」

チェックアウトを済ませたドリスが、こちらにやってきた。

これでお別れ――。

それがなぜか、とても寂しく思う。

おばあさまがご存命だった頃、おばあさまの屋敷から自邸に帰る時の寂しさと少し似ているわ。

どうしてかしら。ヴィルヘルム様とは初対面なのに……。

「それでは、失礼致します。どうか、お身体を大切になさってくださいね」

「ありがとう。道中気を付けて」

「ええ、さようなら」

「ああ、またね」

もう、お会いすることはないのに、『また』と言ってくれるのね。

それがとても温かく感じて、口元が綻ぶ、

「はい、また」

私もそう言い直して、ホテルを後にした。

どうしてかしら……何度も振り返りたくなるのを我慢して、馬車に乗り込んだ。

「アリシアお嬢様、先ほどはヴィルヘルム様に何をお渡ししたのですか？」

「昨日作ったビスケットよ。バター控え目で、普通のものよりも甘めに作……」

あ、いけない。

「そうですか。アリシアお嬢様、やはり夜更かしされていらっしゃったのですね」

「あら？　そうだったかしら」

「とぼけても駄目です。もう、これからは、しっかりとお世話をさせていただきますからね」

「ドリスもビスケット食べる？」

「いただきますが、ビスケットでは誤魔化されませんよ」

しばらくは、窮屈な生活になりそう。でも、まあ、ビダル様と婚約して、自邸で暮らしていた時と比べたら、快適すぎるほどなのだけど。

こうして私とドリスは、自邸を追い出されてから初めての旅行を終えた。

とても楽しい旅行だった。

私は生涯、この旅行のことを何度も、何度も思い出すことになる。
それも最終日……ヴィルヘルム様と出会ったときのことを——。

第二章　驚きの再会

私がおばあさまの屋敷で暮らすようになってから、一年が経とうとしていた。

毎日、とても充実した暮らしを送っている。

たくさんの料理を作り、庭で野菜や果物も育てている。旅行も何度かして新たなレシピも覚えた。

毎日が楽しくて、穏やかで、とても幸せ……。

朝目覚めるたびに、夢なのではないかと疑うぐらいに。

料理を作る際には、ヴィルヘルム様から頂いたリボンを使って髪をまとめている。だからそのたびに、彼のことを思い出す。

ヴィルヘルム様は、今頃どうしていらっしゃるかしら。お身体を悪くしない程度でもいいから、少しでも食事を召し上がれるようになっていたらいいのだけど……。

彼のことを思い出すと、少しだけ切なくなる。どうしてなのかしら。

「はあ……」

お昼から数時間後、私が作ったオレンジのショコラケーキと一緒に紅茶を楽しんでいたドリスが、大きなため息を吐いた。

「あら、ドリス、どうしたの？　元気がないのね」

今日はとてもいい天気だから、外でお茶をしようということになった。雲一つない空、空気はカラッとしていて心地いい。

それなのにドリスの顔ときたら、どんより曇り空のようだ。

「この一年で、とんでもなく太ってしまいました……お洋服も直したくらいなんですよ」

「確かにふっくらしたけれど、元々痩せ型だったんだもの。ちょうどいいくらいじゃないかしら」

「このままでいくと、近い将来『ちょうどいい』から、『もうまずい。なんとかしなくては！』に進化しちゃいますよ！」

「うーん、そこまでいきそうになったら、控えた方がいいって言うから大丈夫よ？」

「アリシアお嬢様の作るお食事が美味しすぎて、控えるなんて無理です。なのでお作りになる方を控えていただけたら……」

「嬉しいわ。ありがとう。でも、それは嫌」

「そんなぁ～……」

「ふふ」

穏やかで、幸せな毎日――このまま世の喧騒《けんそう》から離れて、平和に暮らしていくと思っていた。

ある日のこと、ビダル様からの手紙が届いた。

何事かと思えば、王城への呼び出しだったものだから、信じられなくて二度、三度、見直した。

でも、何度見返しても、王城からの呼び出し……。

一体、何の用なのかしら。

正直、行きたくないけれど、王太子で、次期国王であるビダル様の呼び出しを断るわけにはいかない。

「アリシアお嬢様、大丈夫ですか？」

「ええ、ありがとう。心配しないで」

屋敷を出発し、王都へ向かう。

一週間後の十五時に……という指定。天気が荒れて行けなくなるなんてことは許されないので、早めに出発したけれど、気が重い。

まさか、また王城に行くことになるなんて思わなかった。

両親やカリナと顔を合わせるのは気まずいから、ホテルに滞在することにした。

私が王都に来ていることは知っているだろうし、なぜ屋敷ではなくて、わざわざホテルに滞在するのかと小言をぶつけられるかもしれない。

それはそれで嫌だけれど、顔を合わせて数日暮らすよりもうんといい。

早く済ませて帰りたいわ……。

着く前から、そんなことを考えてしまう。

途中で天気が荒れることもなく、予定より早く王都に到着した。

ドリスは私に気を遣って傍に居てくれようとしてくれたけれど、久しぶりに帰って来たのだから、実家に行ってもらった。

優しいドリスは、私も一緒に……と誘ってくれた。嬉しいお誘いだ。でも、家族水入らずを邪魔したくない。

丁重に断ってもドリスは納得がいかないようで、せっかくだから泊まってくればいいのに、少し顔を出しただけで早々に帰ってきてしまった。

「私は顔見知りに出くわしたくないからこのまま部屋にいるけれど、ドリスは自由に出かけてね。久しぶりにお買いものもいいんじゃないかしら？」

「そうですわね。行きたくなったら行くので、どうかお気になさらず」

でも、ドリスは一度も出かけようとしなかった。

私を気遣ってくれているのね……。

血の繋がった実の家族よりも、ずっと家族みたいだわ。

ドリスの優しさが温かくて、でも、同時に申し訳なく思う。

傍に居てもらえるのは嬉しいし、ありがたい。ドリスが大切だから、損をしてほしくない。

「私のことばかり優先するようなら、解雇するわよ」

「そ、そんな！　私は私のしたいようにしているだけで……」

「私がドリスが自分よりも私のことを優先しているように見えている時点で駄目よ。解雇されたくなかったら、自分の人生を好きに生きているところをちゃんと見せてちょうだい」

「ええー……」

脅すような言い方をするのは嫌だけれど、こうでもしないと私のことばかり優先しそうだから。

ドリスが幸せになってくれるのなら、辞めてくれても構わない。傍に居てくれないのは寂しい。でも、彼女が幸せになってくれる方がうんといい。

それからやっとドリスは少しの間出かけてくれた。私の喜びそうなレシピ本をお土産に買ってきてくれたのが、これまた優しい彼女らしい。

ビダル様の元へ行きたくない。今すぐ帰りたいと思うけれど、そうもいかない。

約束の日——私は久しぶりに正装し、王城に足を踏み入れた。

自然と背筋がシャンと伸びる。

もう、おばあさまの屋敷で過ごすのが当たり前になっていて、一年前までよくこの廊下を歩いていたなんて信じられない。なんだか、不思議な感じがするわ。

「どうして、レディ・アリシアが？」

「王都を追放になったんじゃ……」

「それにしても、よくもまあ、また平気な顔で王城に来られるものだな。俺なら無理だね」

「図太いものだ。あんな綺麗な顔をしておいて、長年妹を苛め抜いていたとは……女は恐ろしいな。見た目と中身がまるで違う」

途中で何人かの貴族にすれ違う。

悪口が聞こえてくると、帰ってきたのだという実感が湧く。

そうだわ。私は、このドロドロした感情が渦巻いている世界で生きてきた。

一歩一歩歩くたびに、心が汚されていくような気がして息苦しい。

早く帰りたいわ……。

謁見室の前に立つと、変な汗が出てくる。

アリシア、落ち着いて。大丈夫よ。

兵に扉を開いてもらうと、そこには三人の姿が見えた。

え……？

「……失礼、致します。アリシア・フォッシェル、ただいま参りました」

動揺して、声が震えそうになった。

部屋の中にいたのは、気まずそうな顔を隠しきれていないビダル様、そしてその隣には眉を顰《ひそ》めた不機嫌そうなカリナ、そして出会った頃と変わりない笑みを浮かべるヴィルヘルム様だった。

どうして、ヴィルヘルム様がここに⁉

「えーっと……アリシア、久しぶりだね。長旅ご苦労様、疲れていないか？」

気まずそうな表情を隠せずにいるビダル様が、私に声をかける。

ただ、カリナを助けた。私と婚約破棄をした。はい、それで終わり。という話であれば、ここまでの気まずさはないでしょうね。

私との婚約中にカリナと身体の関係を持ち、そして婚約に……という不誠実なことをしたからこそ気まずく感じているのだろう。

ビダル様は正直な方だから、すぐにこうして顔に出てしまう。

「ええ、問題ございません」

もう、二度とお話しする機会なんてないと思っていたのに、まさかまたこうして会話することになるなんて……。

「ビダル様……」

カリナはわざとらしく身体を震わせて、ビダル様の後ろに隠れた。また私に怯えているふりをしているらしい。ビダル様は労るように彼女に声をかける。

「だから待っていなさいと言っただろう？」

「ごめんなさい……」

一年経っても、ちっとも変わらないのね。

まあ、当たり前といえば、当たり前かもしれない。私だって、ちっとも変っていないもの。

「やあ、アリシア。また、会えて嬉しいよ」

「ヴィルヘルム様が、どうしてこちらに？」

ヴィルヘルム様は唖然《あぜん》とする私の前に跪《ひざまず》くと、手の甲に口付けを落とす。

「私の名前を覚えていてくれたんだね。光栄だよ」

「ええ、それは、もちろん。でも、どうして……」

「キミを迎えに来たんだ」

「え？」

迎えにって、どういうこと？　ますますわからない。

「もう、キミの名前も母国も知ったし、私のことも話してもいいだろう？　私はリビアン国王ヴィルヘルム・ヒルシュだ」

嘘……！

リビアン国——大陸で一番の軍事力を持つ大国で、チャロアイトの隣に位置する。リビアンは侵略行為で大きくなった国で、本来なら我が国の隣は別の名前の国だった。

我が国とリビアンは友好条約を結んでいるけれど、時期が違えば、リビアンにチャロアイトも吸収されていたかもしれない。

なぜ我が国が侵略されなかったか……といえば、百年以上前、当時、侵略行為に積極的だった王がクーデターによって亡くなり、平和的な考えを持つ彼の息子である王太子が即位したから。クーデターを起こしたのは、その王太子だという話だった。

ヴィルヘルム様が、リビアンの国王……。

「……っ……そう、でしたか」

必死に驚きを隠そうとしたけれど、表情に出てしまったかもしれない。

ううん、もう、表情に出しても構わないのだったわ。

私が表情に出さないようにしていたのは、王妃になるのだから、感情を表情に出すなという教育があったから。

そうしなければいけない場面もあるだろうけれど、今は過度な抑制は必要ない。すっかり身に染みついているのが悔しいと感じる。

「アリシア、リビアンに来てくれないか？　私、専属のシェフとして」

「えっ」

ヴィルヘルム様、専属のシェフ？

あまりの急展開に、頭が付いていかない。

落ち着いて、落ち着くのよ。

心の中で何度も繰り返し唱えるけれど、ちっとも冷静になんてなれない。

「やっぱり、私はキミの料理じゃないと食べられない。チャロアイト国側には、話は通っている。どうかリビアンに来て、私の傍に居て支えてほしい」

「そ、れは……」

だって私は、おばあさまの残してくださった屋敷で、好きな料理を作ったり、野菜や果物を育てたりして、一生平凡に暮らしていくと思っていたのに……。

突然のことで、すぐには答えが出せない。

いいえ、私の答えなんて関係ないのよ。リビアンの機嫌を損ねれば、チャロアイトのような小国……あっという間に潰される。

「……っ……わかりまし……」

「ああ、違う。違うよ」

「え？」

「断られたとしても、そういった汚い真似をするつもりはない。そんな脅しでキミに来てもらっても、なんの意味もないからね」

脅し……私が考えていることが、おわかりなのね。

「私専属のシェフとして、一生を終えろと言っているわけじゃないよ。キミは各国の料理に触れるため、旅行をしていたね。キミもリビアンは、美食の国だと知っているだろう？」

「ええ、存じ上げております。とても素晴らしかったです」

ヴィルヘルム様と出会った旅で回った最初の国が、リビアンだ。どの食事もとても美味しくて、また行ってみたいと思う国だった。

「ありがとう。キミに気に入ってもらえるなんて、光栄だよ。今回のことは、我が国の料理を学ぶ留学と思ってくれたらいい」

「留学、ですか？」

「そう、無期限のね。帰りたくなったら、いつでも帰れる。どこか旅行に行きたいと思えば、どこへでも行っていい。留学のついでに、私の専属シェフになると思ってくれたら嬉しいのだけれど、どうだい？」

あまりにも優しすぎる条件で、驚いてしまう。

「わかりました。私でよろしければ……」

「ありがとう。嬉しいよ」

そんなに私の料理が気に入ってくださったのが、とても嬉しい。それにリビアンの料理が学べるのも。

ヴィルヘルム様は立ち上がると、私の耳元にそっと顔を寄せた。

「キミの料理も食べたいし、キミのことをもっとよく知りたいんだ」

え……。

彼の身体越しに、カリナが見えた。ものすごい顔をして、私を睨んでいる。

「それにしても、アリシアが料理をするなんて……しかも、ヴィルヘルム様の舌を夢中にさせるほどの腕前だなんて、知らなかったよ」

この気まずさを脱するためにというように、ビダル様が口を開いた。

「私もですっ！　一緒に暮らしていたのに、お姉様が料理を作るところなんて、一度も見たことがないもの。嘘なんじゃ……そうよ。嘘に決まっているわ」

「こ、こら、カリナ、ヴィルヘルム様の前で……」

「だって、お姉様が料理なんておかしいもの。できるわけがないわ。例えば……そう、誰かが作ったものをご自分で作った料理だと偽ったとか。お姉様、嘘を吐いていると、後からお辛くなるわ。さあ、本当のことを仰って。今なら皆様許してくださるわ」

ビダル様の背に隠れていたカリナが前に出て、にっこり笑みを浮かべて私を諭《さと》すように語りかける。その笑みは、かなり引き攣っていた。

「いいえ、嘘なんて吐いていないわ。今も、その前も」

密かに一年前の仕返しのつもりで、意味深な言葉を加える。

十八歳にもなって……いえ、もうすぐ十九歳になるのに、大人げない。でも、どうしても我慢ができなかった。

「なっ……嘘を貫き通すおつもりなのね」

「嘘ではなく真実だわ。どうしてもと言うのなら、目の前で何か作りましょうか？」

「……っ……結構よ！　ヴィルヘルム様、本当にお姉様を連れて行くおつもりで？」

「ああ、もちろん。このチャンスを逃すつもりはないよ。断られたら、根気強く説得するつもりだった」

「で、ですが、お姉様は、私を……私を……ああっ」

カリナは大粒の涙を零し、両手で顔を覆う。

「カ、カリナ、止《よ》しなさい。我が国の者ならまだしも、ヴィルヘルム様は……」

私がしたと思っていることを話せば、我が国の恥になるものね。

「アリシアが、何を？」

「い、いいえ、ヴィルヘルム様、どうかお気になさらず」

「そう言われると、気になってしまう。さあ、泣いていないで教えてくれないかな？」

ヴィルヘルム様が柔らかく微笑む。指の間から彼を見たカリナは、うっとりと瞳を細めた。

「お姉様は、私を酷く苛めていたんです」

「へえ、苛めたって、どんな？」

「肉体的にも、精神的にも、長きにわたって暴力を……ドレスで見えないところには、まだ傷も残っています。私、ずっと辛かった……ずっと、我慢していて……でも、そんな私をビダル様が救ってくださいました。お姉様はその罰として、王都から追放されていたのです」

「カリナ、止さないか！」

「隠していたら、大変なことになりますわ。こんなことをお話しするのは、我が国の恥になるとわかっています。ですが、隠してなんておけない。私のような思いをする人は、もう出したくないのです」

ああ、まただわ。

また、悪者にされる。いつものように……。

素性《すじよう》が知られることなんてないと思っていたから、ヴィルヘルム様には本当のことをお話した。

でも、こうしてカリナから面と向かって言われたら、皆と同じようにカリナの方を信じるのでしょう？

心が傷付かないように、自然と身構える。

「なんて、可哀想なんだ」

ほら、ね……？

大丈夫、わかっているわ。だから、もう傷付かない。

「ビダル王子、彼女は心の病気を患っているようだ」

え……？

ビダル様が「は？」と声を上げるのと同時に、私も心の中で声を上げた。

「なっ……何を仰いますの？　私は病なんて……」

「アリシアのような優しい女性が、暴力を振るうなんてありえない」

「なっ……ほ、本当です。証拠の傷だって……」

「そうだね。傷は本当にあるのかもしれない。でも、それは証拠にならないよ。アリシアが付けた証拠なんてどこにもない」

ヴィルヘルム様は私の手をそっと取り、柔らかく握った。

「ヴィルヘルム様……」

「アリシアのこの小さな手は、誰かを傷付けたりなんてしないよ。困っている誰かに差し伸べてくれる優しい手だ。現に私は、この手で救われた」

私を信じてくださった……。

目の奥が熱くなるのがわかった。

眉間に力を入れて、必死に潤《うる》まないようにする。

「……っ……ヴィルヘルム様は、お姉様に騙されていらっしゃるのね。なんて、お可哀想なのかしら！」

カリナの顔は、ビダル様と結婚したいとお父様にねだって、断られた時の表情と同じ……嫉妬と、どうにもならない歯がゆさで歪《ゆが》んでいた。

いつもは不快感を覚えるだけなのに、なぜか今日は不安を覚える。

どうしてかしら。何か、嫌なことが起きそうな気がする……。

「どうしてそう思ってしまったのだろうね。悲しいことだ。ビダル王子、彼女に十分な治療をお願いします」

「なっ……だから、私は病気なんかじゃ……っ！」

「カ、カリナ、落ち着きなさい。キミは疲れているんだ。さあ、サロンでお茶でも飲んで休むといい」

「ビダル様っ！」

抗議するように名前を呼んだカリナだったけれど、ビダル様が呼んだ使用人によって部屋から退室させられた。

これ以上居て、ヴィルヘルム様に失礼を働かないか心配だったのでしょう。

私が同じ場にいたせいもあるかもしれないけれど、他国の王を目の前にして、自身の感情を優先して、発言するカリナが次期王妃……。

もう、私は、心配する立場にはない。

それにカリナは、私の言うことなど聞かない。両親も相談には乗ってくれない。そうわかっていても、つい考えてしまう。

「アリシア、いつ頃出発できそうかな？」

「準備を整えて、両親に挨拶をしたらすぐに。二週間ほどいただけましたら」

「そう、じゃあ、二週間後に迎えの船を手配するよ。本当は準備も手伝いたいし、船旅もご一緒したいところだけれど、政務が滞ってはまずい。一足先に帰国しているから、どうか気を付けて」

「ええ、ありがとうございます。あ、連れて行きたい侍女が……」

「もちろん。確か……ドリス、だったね？」

「はい、でも、彼女が行くと言ってくれたらの話ですが」

「言ってくれるんじゃないかな？　キミをとても大切に想っているのが、少しの間でも伝わってきたよ。もし、断られたとしても、信頼のおける侍女を付けるから安心して」

「ありがとうございます」

人生何が起こるか、わからないものね……。

婚約破棄された時も思ったけれど、まさかまたそう思う出来事が訪れるなんて、夢にも思わなかった。

◆◇◆

チャロアイトからリビアンまでは、船で一週間がかかる。

港から首都までは、馬車で五日、また船に乗って一週間……かなりの移動距離だ。

この長距離移動で体調を崩す方も多いそうだけれど、私とドリスは旅行で慣れている。

だから今回も問題なく過ごすことができるだろうと思っていたのだけど、私は情けないことに熱を出して、船の中で寝込んでいた。

「アリシア様、お可哀想に……王都と別荘を何度も往復した後に、あんなことがあって、その後の船旅ですもの。お疲れが出てしまったのでしょうね。でも、大きなご病気ではなくてよかったです。ホッと致しました」

「ええ、ありがとう」

ドリスはやっぱり私に付いてきてくれて、船の中で寝込む私を手厚く看病してくれた。船医に診てもらったけれど、特に問題はない。

あの時の心労が、きっと原因ね。

おばあさまの屋敷で荷物をまとめた後、私はドリスと共にまた王都に戻って、お父様とお母様に出発の挨拶をしに、自邸を訪ねた。

『お父様、お母様、お久しぶりです』

『アリシア、何をしにきた？』

『留学へ行くのでしょう？　どうしてここに？』

一年ぶりに会うとは思えない反応だった。ただただ迷惑そうで、言葉に詰まる。

『……っ……しばらく、国を離れますので、ご挨拶をと思いまして』

『ああ、いい。私は忙しい。……もう、屋敷には来るな。家の名に泥を塗ったお前に出入りされると、周りにまた騒がれるかもしれない。迷惑だ』

『アリシア、お願いだから、これ以上私たちに恥をかかせないでちょうだい。いいわね？』

『……わかりました』

『本当に問題ばかり起こしてくれる娘だ。お前のせいで、カリナまでも留学したいと言い出した』

『えっ』

『あの子はビダル様の婚約者だ。お前と違って自由気ままになどさせてやれない。あの子を刺激するようなことはやめろ』

また……。

『はい、それでは失礼致します』

挨拶にきたことを心底後悔し、一秒でも早く屋敷を出ようと足早に玄関へ歩いていたら、カリナが待ちぶせしていた。

『お姉様、よくも私に恥をかかせてくれたわね』

『カリナ……』

『ヴィルヘルム様に庇《かば》われて、いい気になっていたのでしょう⁉』

『ならないわ。それよりも、カリナ、他国の方の前であんな……』

『お姉様に言われる筋合いないわ。まさか、リビアンの王をたらしこむなんてね。お姉様がビダル様の婚約者のままなら、私がリビアンに行けたのに！』

『そんなわけないでしょう』

呆《あき》れて思わずため息が零れる。カリナはイライラした様子で、まるで子供のように地団駄を踏んだ。

『そうなのよ！　絶対にそう！　お姉様、ヴィルヘルム様と一緒になりたくて、ビダル様を私に押し付けたんでしょう？　そうなんでしょう？　最低ね！　浮気をするなんて！』

『ヴィルヘルム様に出会ったのは、ビダル様と婚約を解消してからのことよ』

『そんなのわからないわ！　お姉様は嘘吐《うそつ》きだもの！　嘘吐き！』

それはあなたでしょう……と言いたくなるのを何とか呑《の》みこんだ。反論すると言葉の一部分だけを根に持つのでたちが悪い。カリナの前では何も言わないのが一番だ。

『あなただってビダル様の婚約者になったのだから、知っているでしょう？　自由に身動きできない。常に護衛が付けられるのだから、隠れて会うことも不可能よ』

『嘘！　嘘よ！　私、ビダル様よりも、ヴィルヘルム様の方がいい！　ヴィルヘルム様の方が美しいし、リビアンはチャロアイトよりも大きいもの！　留学に行けば彼とお近付きになれるでしょう？　そんなのずるい！』

『何を言っているの⁉　いい加減にしなさい！』

言い合いの途中でお父様とお母様が来たので、結局は私が悪者にされて追い出されることになった。

正直、移動よりも疲れた。

そしてその後熱を出してしまったので、心労からきているのだろう。

家族との確執には慣れているはずなのに、一年経ったら耐性がすっかり薄くなってしまったみたい。

「やはり私もご一緒させていただけばよかったです……」

「いいのよ。わざわざあんな所に来るよりも、実家でゆっくりしてくれていた方が有意義な時間を過ごせるわ。それにあなたにまで嫌な思いをさせたくないもの」

「アリシア様……」

屋敷で仕えてもらっていた時には、何度も嫌な場面を見せてしまったもの。もうドリスには見せたくない。

それにしても、自分にがっかり……というか、呆れてしまったところがある。

わざわざ挨拶に行かなくていいのに、行った。

もしかしたら、温かく迎えてもらえることを期待していたのかもしれない。

もう、幼い子供ではないのに、馬鹿ね。精神年齢だけ幼いままなのかしら。

「でも、まさか、ヴィルヘルム様がリビアンの国王だったなんて驚きました」

「ええ、本当に」

前リビアン国王が亡くなられたのは、私が婚約破棄されて、おばあさまの屋敷に移り住んで間もなくのことで、その後王太子だったヴィルヘルム様がご即位されたそうだ。

王都や政治関係の情報を知ると、あの時のことを思い出して不快なので、意図的に耳に入れないようにしていた。

だからヴィルヘルム様が、リビアン国王である可能性なんて、全く考えられなかった。

でも、知っていたとしても、気付く自信はないわ。お顔は存じ上げていなかったし、リビアンでは『ヴィルヘルム』という名前は、珍しくないもの。

「……と、長話をして申し訳ございません。アリシア様、ゆっくりお休みになってください。起きてはいけませんよ？」

「ええ、ありがとう。ゆっくり休むわ」

それから数日で平熱に戻り、船を降りる頃にはすっかり元気になった私は、その後問題なく旅を続けることができた。

リビアン国城へ到着し、馬車を降りると、懐かしいお顔の方が迎えてくださった。

「ケヴィン様、お久しぶりです」

そのお姿は、一年前と全く変わっていない。

「よくわかったな」

「ええ、忘れてなどいませんよ」

「そうじゃなくて、俺、随分と背が伸びただろ？　だから、よくわかったなと思って驚いたんだ」

「……背が？」

激的な伸び方はしていないように思えるけれど……。

「いやいやいや！　伸びただろ！　一センチも伸びたんだからな！」

やっぱり。記憶は確かだったわ。

「あんた、鈍感なんだな。まあ、そういうのに鈍い奴ってのは、いるよな」

ケヴィン様は腕を組んで、うんうん頷く。

「失礼な！　アリシア様が鈍感ではなくて、あなたが細かすぎるのですわ。一センチって……こんなものでしょう？　ふっ」

ドリスが一歩前に出て、鼻で笑う。

「ドリス、失礼よ。一センチだって立派な成長だわ。ほら、この前トマトに付いていて、あなたが騒いでいた虫。あの虫だって一センチぐらいあったでしょう？　大きな存在感だわ」

「身長と虫は別物ですわ」

ドリスを窘《たしな》めていると、ケヴィン様がわなわなと肩を震わせていた。

「誰が虫だ！　ったく、失礼なのは一年経っても変わらないみたいだな？」

「いえ、ケヴィン様が虫なのではなく……」

訂正しようとしたら、「あー！　いいから！」と途中で止められてしまった。

「兄上は会議があって来られないから、俺が案内するように頼まれた。さっさと行くぞ」

「そうだったのですね。よろしくお願い致します」

ケヴィン様に案内してもらい、城内を回る。

この前旅行に来た時、城を外から見て「なんて立派なのかしら。さすが大国ね」とドリスと話していたけれど、まさかこの城に住むことになるとは思わなかった。

本当に、人生って何が起こるかわからないものね……。

「まあ、あんたが行きそうなとこって言ったら、このくらいだろ。何かわからないことがあれば、その辺の使用人を捕まえて聞いてくれ」

「はい、ありがとうございます」

チャロアイト国城の倍以上の大きさ――全部回ると一日が終わってしまうに違いない。ケヴィン様は私の行きそうな場所、必要な場所だけを選んで、案内してくださった。

与えていただいたお部屋はとても広く、リビング、寝室、バスルーム、キッチンが併設されている。ヴィルヘルム様になるべく早くお食事を提供できるように、彼のお部屋と政務室があるのと同じ三階におかれているのだ。

ヴィルヘルム様はお食事も部屋か政務室で召し上がることがほとんどで、ご両親が亡くなってからというもの、ダイニングは使わないそう。

ちなみにドリスの部屋は、城の使用人たちが住んでいるのと同じ四階で、快適に過ごせる設備がしっかりと整っていてホッとした。

城主によっては、ゲストルームはしっかりしていても、使用人の部屋は粗末にしている……ということもあるもの。

ヴィルヘルム様が城主だから、大丈夫だとは思っていたけれど、絶対……なんてことはないものね。

ひととおり見て回った後で、ケヴィン様が言った。

「この人と二人で話したいことがあるから、あんたちょっと退室してくれる？」

「えっ」

退室を促されたドリスが怪訝《けげん》そうな表情を浮かべる。きっと私を心配してくれているのだろう。

「心配しなくて、大丈夫よ。ドリス、あなたは自分の部屋に下がって、荷ほどきをしてきてちょうだい」

「……わかりました。また後ほど、伺います」

ドリスが下がると同時に、ケヴィン様は小さくため息を吐いた。

「あのさ、兄上があんたをここへ連れてくるために、チャロアイトに行っただろ？」

「ええ、驚きました。名前しかお教えしていなかったので、またお会いできるとは思っていませんでしたから」

「ああ、それはまあ、ホテル伝いに調べたんだけどさ」

情報が漏れるとしたらそこしかないから、多分……と思っていたけれど、やっぱりそうだったのね。

「兄上は知っての通り国王だし、自由になる時間なんてないからさ。俺が代わりに行こうか？

って言ったのに、自分が行くって聞かなくてさ」

「そうだったのですか」

それほどに、困っていたということね……。

お可哀想だわ。

食事ができないというのは、周りから見ればなんてことはないかもしれない。でも、本人にしてはとても辛いことだ。

ヴィルヘルム様は国王――自国の貴族や諸外国の王族との会食の場だってあるはず。早く食事ができるようになりたいでしょう。

私が作った食事なら召し上がれるというのは、自分で言うのはちょっとアレだけれど、これは希望の光だ。

全く食べられないより、ずっといい。そこから少しずつ食べられるようになるものが、少しずつ増えていくかもしれないもの。

「そうだったのですかって……もっと、何かないのかよ」

「何か……とは?」

「どんな女だって、兄上を見かけるだけでキャーキャー騒ぐんだぞ? つーか、瞬《まばた》きするだけでも騒がれるぐらいだ。その兄上が直々に迎えに行ったのに、なんだよ。そのあっさりした反応は！　もっと何かないのかよ」

「え？　えーっと……」

何か……と言われても、わからない。なんて答えたらいいのかしら。

困って言葉に詰まっていると、ケヴィン様が大きなため息を吐く。

「まあ、そんな女だったら、兄上が夢中になるわけないか」

とても小さな声で、上手く聞き取れなかった。

「ごめんなさい。よく、聞き取れなくて」

「ああ、いい、いいよ。とにかくさ、兄上はあんたに会ってから、変わったんだ。良い方向にな。だからさ、傍に居てやってくれよ。あの人は人に優しいけど、自分には厳しすぎて、なんでも一人で抱え込む不器用な人なんだ」

ケヴィン様は、本当にヴィルヘルム様のことを大事に想っていらっしゃるのね。

「ええ、お任せください。少しでも召し上がっていただけるように、お食事作りに尽力致します」

力強く頷いて返事をすると、ケヴィン様が呆れたような表情を浮かべる。

「そうじゃなくてさぁ……やっぱり、あんた、鈍いのな……」

え、違うの？

ケヴィン様のご満足してくださる返事は、何だったのかしら……。

「ちなみにさ。俺と兄上が異母兄弟だっていうのは知ってる？」

「ええ、お話だけは……」

王妃として勉強を重ねていた時、他国の情勢や王族関係のことは勉強し、頭に入っている。

前リビアン国王の子はヴィルヘルム様とケヴィン様、正妃が産んだ子がヴィルヘルム様で、ケヴィン様は側室の子だ。もう、何年も前に亡くなったと記憶している。

「なら、話は早い。俺と兄貴ってさ、似てないだろ？」

「いえ、雰囲気や顔立ちも似ていらっしゃいますよ。ただ、身長は……」

「身長の話はしてねーよ！　てか、雰囲気似てるか？　初めて言われた」

ケヴィン様は頬を染め、口元を手で覆い隠す。でも、緩んでいることがすぐにわかる。

「見た目はさ、似てないだろ。父上にも似てないんだよ。母親が元娼婦《しょうふ》なもんだから、よく他の男の子供だって陰口を叩かれて育ったんだ。まあ、実際どうかわかんないしな」

「そうでしょうか？　本当にそっくりだと思うのですが」

「……そりゃ、どーも。俺のことガキだと思ってたことと、身長のことは許してやるよ。今こそ気にしてないけどさ、ガキだったころは気にしてたんだよ。でも、いつだって兄上が庇ってくださった。ご自分だって大変なのに、俺は絶対に血の繋がった弟だ。弟を傷付けることは許さないって」

「ヴィルヘルム様が……」

「ああ、自慢の兄上だ。……だから、兄上を傷付けるなよ。もし、何か危害を加えたら、死んだ方がマシだと思うほどの地獄を見せてやる」

見る者全てを凍りつかせるような表情で睨まれた。普段の顔立ちからは全く想像できないお顔だ。

「ええ、もちろんです」

そんなつもりは全くない。間髪入れずに答えると、ケヴィン様が大きなため息を吐いた。

「あんたと話してると調子が狂う。まあ、大丈夫そうだな」

「信用していただいて何よりです」

「じゃ、俺行くわ」

「はい、ご案内頂きありがとうございました」

「……あのさ、最後にもう一回聞きたいんだけど」

「はい？」

「俺と兄上って、本当に似てるか？」

気恥ずかしそうに尋ねられ、微笑ましくなる。

「はい、似ていらっしゃいますよ。兄弟だとお聞きになる前からわかったぐらいです」

「そうか……」

ケヴィン様は緩んだ口元を手で覆い、軽やかな足取りで部屋を出ていった。

本当にそっくりだわ。

自分よりも人のことを思いやる優しいお心も——本当にそっくり。

◆◇◆

荷解《にほど》きをそこそこに済ませ、自国から持ってきたスパイスや食材等に毒が入っていないかの検査をしてもらった私は、早速夕食の支度に取り掛かった。

自室には立派なキッチンが付いていて、見たことのないスパイスも並んでいる。

どんな香りや味なのかしら。時間を見つけて、一つ一つ確かめてみましょう。とても楽しみだわ。

隣には小さ目の食糧庫があって、ある程度の野菜や果物、小麦粉などが置いてある。

ここにないもので必要な食材は、朝のうちにキッチンメイドに頼めば、夕方には届けてもらえるそうだ。

実際に食材を見てから料理を思い付くこともあるし、私が知らない食材もたくさんあるかもしれない。

時間ができたら外へ出て、食材探しに行きたい。それからハーブは採れたてが美味しいし、立派なバルコニーもあるので、ここで育てようと思っている。

やることがたくさんで忙しいわ。でも、とても楽しみ。

ひとまず、夕食を作り始めなくては……。

荷解きを終えたドリスが手伝いに来てくれたけれど、下がってもらった。

移動で相当疲れたはずだもの。慣れない土地でしばらく暮らすことになるのだから、休める時は休んでいてほしい。

何を作ろうかしら。栄養があって、あっさりしたものがいいわよね。

ゆっくり、焦らず、徐々に慣らして、普通の方と同じような食事を召し上がっていただけることを目標としましょう。

まずはパン生地を作っておく。いつもと気候や気温も違うし、上手く発酵するか少し心配……。

パンを発酵している間に鳥の胸肉を香辛料で味付けして、小さく丸める。それを湯通ししたキャベツで包んで、トマトスープで煮込んだ。

そうしている間に発酵が完了する時間だ。ドキドキしながら確かめると、いつも通りに発酵していてホッとした。

パンを成形して二次発酵させている間に、温野菜のサラダを作る。

火を通した、ブロッコリー、アスパラ、にんじん、じゃがいもに、カリッと焼いたベーコンを混ぜて、オリーブオイルと塩胡椒《こしょう》であっさりとした味付けに仕上げた。

胃が弱っている時は、生野菜を食べるともたれた記憶がある。これならお腹に負担がかからないはず。

二次発酵も無事成功したので、オーブンに入れて焼き始める。そうしている間に、スープがほどよい煮込み具合になってきたので、自国から持ってきたスパイスで味を調えていく。

デザートは、苺のジュレにした。

食糧庫を開けた時にいい香りがして、絶対に使いたいと思っていたのだ。

甘かったら切ってそのまま出そうかと思ったけれど、酸味が強いので調理してみたら、想像以上に美味しくできて大満足だわ。

ヴィルヘルム様にも気に入っていただけたらいいのだけれど……。

「あ、いけない」

出来上がった後に気付いた。いつ頃お持ちすればいいかしら。

十八時……時間的には、夕食時だけれど、どちらへお持ちすればいいかわからないわ。政務室？　自室？　会議が長引いている……という可能性もあるわよね。

使用人を呼んで聞いてみようとベルを掴んだその時、ノックが聞こえた。

外へ通じる扉は二つある。

リビングと、食材を運びやすいようにとの配慮なのでしょう。もう一つは食糧庫にあって、ノックされたのはリビングの方の扉だった。

使用人かしら。ちょうどよかったわ。

「はい、どうぞ」

キッチンから扉のあるリビングまでは距離があるので、やや大きな声で返事をした。火を使っているので、万が一ということもあるし、その場を離れたくない。

「アリシア、ようこそ。我が城へ」

てっきり使用人が訪ねてきたと思ったのに、現れたのはヴィルヘルム様だった。

心臓が大きく跳ね上がったのは、きっと驚いたからに違いない。

「ヴィルヘルム様！」

「長旅ご苦労様、疲れただろう？　出迎えられなくてすまなかったね。どうしても抜けられない会議だったんだ」

「とんでもございません。それにケヴィン様が出迎えてくださったので」

「ケヴィンは何かまた失礼をしなかったかな?」

「親切にしていただきました」

「そうか、よかった。船の中で体調を崩したと聞いたけれど、大丈夫? もうキッチンに立つなんて……」

「ご心配なさらないでください。もう全快致しましたので、問題ございません」

「本当に? 無理をしていない?」

ヴィルヘルム様は私の手を取ると、真っ直ぐに顔を見つめてきた。

心臓が早鐘を打つように激しく脈打ち、握られている手どころか顔まで熱くなってくる。

こうして顔を見られるのは、今までの人生の中で何度かあった。様々な人に見られてきたれど、こんなにも意識してしまうのは初めて。

どうしてかしら……。

「はい、問題ございません。ちょうどお食事ができたところなのですが、今からお召し上がりになりますか?」

「ありがとう。部屋の前を通った時から、いい香りだと思っていたんだ」

「お口に合うといいのですが……どちらで召し上がりますか? お運び致します」

「せっかくだし、ここで頂こうかな」

「えっ！　こちらで、ですか？」

「ああ、リビングにはテーブルとイスもあるし、運ぶ手間も省けるだろう？　アリシアはもう、夕食を済ませた？」

「いえ、まだです」

「じゃあ、一緒に頂こう」

「私もですか？　あ、毒味でしたら、済ませましたが」

「毒味してもらうためじゃなくて、単純にアリシアと一緒に食事がしたいんだ。一人で頂くよりもうんと美味しい」

そうよね。お一人でする食事よりも、誰かと食べる方が美味しいものね。

「かしこまりました。ご一緒致します」

「よかった。ありがとう」

ご両親と一緒にお食事するのが苦手と仰っていたから、他人とも苦手なのではないかと思っていたけれど、そうではないみたい。

そういえば、初めて会った時も、食事に同席するように誘ってくださったものね。

「すぐに盛り付けて運びます。先にお座りになっていてください」

「いや、私が運ぶよ。キミは盛り付けに専念して」

「いえ、そんなことヴィルヘルム様にしていただくわけには……」

「その方が速いし、楽しいだろう?」

子供みたいに笑うものだから、私も釣られて笑いそうになる。

「わかりました。では、お願いします」

盛り付けていると、ヴィルヘルム様が「あっ」と声をあげた。

「えっ! 申し訳ございません。跳ねてしまいましたか?」

「いや、違うんだ。私が贈ったリボンを使ってくれているんだなぁと思って」

気付かれた途端、急に照れくさくなって、顔が熱くなるのを感じる。

どうしてかしら?

贈り主の前で頂いたものを身に付けることなんて、今まで何度もあった。そのことに気付いてもらった時には、こんな気持ちにはならなかったのに……。

「うん、想像した以上に、よく似合っているよ。可愛いね」

褒められたのも初めてじゃない。それなのに、どうして心臓が騒ぐのかしら。

「……ありがとうございます。料理をする時には、いつも使わせていただいてます」

「使ってくれてありがとう。そのリボンが、羨ましいよ」

「え？　羨ましい……ですか？」

何のことかしら。

料理を盛り付ける手を止めると、ヴィルヘルム様がクスッと笑う。

「だって、そうだろう？　この一年間、ずっとキミの傍に居られたのだから」

ヴィルヘルム様はにっこりと微笑んで、盛り付けたお皿を持ってリビングへ向かった。

どうして私、妙に心臓の音が速いのかしら……。

こんな現象は、生まれて初めてのことだった。

苦しい。でも、この感覚は嫌じゃない。むしろ心地よく感じた。

一体、どうしたっていうの？

すべての料理を運び終え、早速食事を始める。

「いただきます。…………うん！　すごく美味しいよ」

にっこり笑うお顔を見て、ホッとする。

「お口に合ってよかったです」

「食事が美味しいと感じるのは、一年前にキミの作ってくれた食事を頂いて以来だよ」

ヴィルヘルム様とこうしてまた出会い、料理を作り、食事を一緒にするなんて、なんだか不思議だわ。

「そうだわ。お好きな食材とお嫌いな食材を教えていただけますか？　今後の参考にさせていただきたいので」

「うーん、ただ呑み込むことに必死で、意識して食べたことなかったな。気付いたら伝えるよ。あ、アリシアが作ってくれたビスケットは、すごく美味しかった。好きだって思ったよ」

「よかったです」

その前に差し上げたお菓子も美味しいと言ってくださったし、甘いものがお好きなのかもしれないわ。

「ご両親に挨拶すると言っていたね。私からご挨拶をした時は、とても良くしていただいたのだけど、キミはどうだったかな？」

「え、私の家にご挨拶に？」

「もちろんさ。大切な娘さんをお預かりするのだからね」

お父様とお母様、教えてくだされればよかったのに……いえ、伝えてくれるべきではないかしら。

忙しいヴィルヘルム様が教えてくださらなければ、知らないままだったもの。

ヴィルヘルム様がわざわざご挨拶に来てくださったのよ。私からもお礼を伝えるべきだというのに、不義理をするところだったわ。

両親に対して、ふつふつと怒りが湧いてくる。

カリナが留学に行きたいと騒ぎ出したことよりも、このことを話すべきだわ。どうしてお父様とお母様は、いつもこうなの？

「お忙しい中、ありがとうございます。今、初めて知りまして……」

「そうだったんだ」

「お礼をお伝えするのが遅くなりました。申し訳ございません」

「気にしなくていいよ。私が勝手にしたことだ。……浮かない顔だね。ご両親への挨拶で、あまりいい思いをしなかった？」

他の方の前なら誤魔化すところだけれど、ヴィルヘルム様は事情を知っているもの。隠す必要はないわ。

「……はい、でも、期待した私が、馬鹿だっただけです」

「キミは馬鹿なんかじゃないよ」

いつの間にか俯《うつむ》いていた顔を上げると、ヴィルヘルム様が私の目を真っ直ぐに見て、そっと微笑んでくださった。

家族に会ってから、胸の中にいくつも細かな傷を付けられたみたいで、ちょっとしたきっかけで痛み出した。

でも、今、塞がったような気がしたのは、どうして？

「私が辛い思いをさせるキッカケを作ってしまったね。すまなかった」

「いえ、違います。そんなことございません。もう、期待するのをやめなければいけないと、再認識するいい機会でした」

「……そうか。お互い、肉親には苦労するね」

顔を見合わせて、二人で苦笑いを浮かべた。

「……キミは、ビダル王子の元婚約者だったんだね」

「はい、素性を隠していたのは、そのためです。こんな話、他国の方に知られては、我が国の恥ですから。あの、どうかこのことは、ご内密に……」

「もちろんだよ。誰にも言わない」

「ありがとうございます」

「二人だけの秘密だね」

意味深な笑みを浮かべられ、なぜか直視できなくなってしまった私はスープに視線を落とした。

「は、はい、お願いします」

「これからも、二人の秘密を増やしていけたら嬉しいよ」

「え？　ええ」

どういう意味かしら……。

思った以上に、食事を召し上がってくださっていることに気が付いた。

「お食事、ご無理なさらないでくださいね？」

「ん？　ああ、こんなに食べていたのか。会話に夢中で、気付かなかったよ……って、前にも同じような会話をしたね」

「ふふ、そうですね」

ヴィルヘルム様はその後もキッチンを訪ねてくるようになり、ご政務でどうしても来られない日を除いて、ほぼ毎食、私と一緒にとっている。

日に日に食べられる量が多くなってきて、貧血気味で青かったお顔の色がだんだんとよくなってきていた。

成人男性の食事量まではまだ届かないけれど、きっと近い将来、食べられるようになると思う。

「ヴィルヘルム様、今日もたくさん召し上がっていただけましたね」

「ああ、アリシアの作る料理が美味しいのと、可愛いアリシアを目の前にしているおかげだ。……しかし……」

リビアン国城に滞在するようになってから、一か月――朝食を終えたヴィルヘルム様は、朝食後にあくびを漏らす。

「ああ、ごめん」

「お疲れですか？」

「しっかり食べるようになってから体調がよくなってきたのは嬉しいことなんだけど、最近食後に眠くなることが多くて……眠気覚ましに何かあるかな？」

「確かに食後は、眠くなることが多いですね。そうだわ。ペパーミントティーはいかがでしょう？　口の中がひんやりして、すっきりしますよ」

「ああ、それはいいね。目が覚めそうだ。政務中はずっと飲んでいたいから、定期的に運んできてもらえないかな？」

「かしこまりました」

「キミの可愛い顔を見ることも、私にとってはいい眠気覚ましだ。ドキドキして、眠気がどこかへ吹き飛んでしまうに違いないからね」

「では、お持ち致しますね」

「おや、また今日も流されてしまったよ。寂しいな」

顔を合わせるのが長くなると、冗談のあしらい方もわかってくる。

「ミントティーは温かいのと冷たいの、どちらがよろしいですか？」

「また、流されてしまったよ。じゃあ、温かいのを貰おうかな」

「かしこまりました」

一か月も同じ場所で過ごせば、顔見知りも何人かできてくるものだ。

食材を運んできてくれる使用人や、キッチンメイドから聞いた話によると、ヴィルヘルム様はプレイボーイとして、名を馳《は》せているらしい。

人伝《ひとづて》の情報は、虚偽も含む。

自分の経験で、それは重々わかっているつもりだけど、ヴィルヘルム様が時々見せる態度や言葉は、明らかに経験の豊富さが滲《にじ》み出ているので、説得力がある。

ヴィルヘルム様は、ヴィルヘルム様だもの。プレイボーイだろうと、そうでなかろうと、私の生活に何か影響がない限りは、私には関係ないことだわ。

でも、どうしてかしら……。

ヴィルヘルム様が他の女性と並んで歩くお姿を、甘い言葉を囁《ささや》いているところを想像したら、なぜか胸の中がモヤモヤしてしまう。

環境が変わって、精神的に不安定になっているのかしら。いいえ、王都に居る時より、ずっと落ち着いていると思うけれど。

よくわからない。でも、これ以上考えて、原因を追及してはいけないような気がして、考えるのをやめることにした。

「ああ、アリシア、ありがとう。疲れただろう？　もう今日は大丈夫だよ。ありがとう。すごく効いたよ。明日も頼めるかな？」

「かしこまりました」

ヴィルヘルム様のご政務中に、お茶を定期的にお持ちしてわかったことがある。確かに食後は眠い。でも、ヴィルヘルム様の眠気は、食事が原因ではなかった。

「アリシア、ミントをもう少し多く入れてもらうことはできるかな？　まだ昼間だっていうのに、今日は特に眠くて……」

「それは構いませんが、ヴィルヘルム様は、毎日こんなご生活を送っていらっしゃるのですか？　それとも今だけすごくお忙しいということで……」

「いや、いつもこうだよ」

「一体、何時にご就寝し、何時にご起床されていらっしゃるのですか？」

「就寝時間は特に決めていないけれど、だいたい二時か三時、起床時間は六時だよ」

「ほとんど眠っていないではないですか。昼間に感じる眠気は食事よりも、そちらが大きな原因かと……もう少しだけ休むことはできないのですか？　このままでは、ちゃんと食事を取っていても、身体を壊してしまいます」

「うーん……」

「あっ……ちょうど、お忙しい時期ですか？」

「いや、そんなことはないよ。ただ、眠るのが勿体なくてね」

「勿体ない……ですか？」

「ああ、その時間を削れば、リビアンのために、より多くのことができるだろう？　そう思うと、つい後一時間……もう一時間と、先延ばしにしてしまうんだ」

国のためを思う姿勢に、心を打たれた。でも、どんな人間でも、こんな生活を続けていては、身体が持たない。

「国王として、とても素晴らしいお考えだと思います。ですが、お休みは大切です。少しはお身体を労わっていただかないと……」

「アリシアがベッドで待っていてくれるなら、すぐに切り上げて寝室へ向かう気にもなるんだけどな」

こういうご発言も、プレイボーイというのなら納得だわ。

思わずジトリと睨むように見つめてしまうと、ヴィルヘルム様がにっこりと微笑む。

「兄上、失礼致します。今日中にこちらの書類に目を通して頂きたく……うげっ！　なんだ⁉　臭っ！」

その時、書類を持ったケヴィン様が入ってきた。

咄嗟に鼻を覆ったために書類を持つ手のバランスが崩れ、何枚か床に落ちてしまう。私は内容を見ないようにし、サッと拾って彼の手に戻す。

「ケヴィン、いい香りの間違いだろう？」

「は、鼻がスースーする。この香りは……ミント？」

「はい、ペパーミントティーですよ」

「とても美味しいよ。ケヴィンも頂くといい」

「うげ、いらないです」

ケヴィン様は、ミントが苦手なのね。

「こんなに美味しいのに……」

「兄上、そんなにミントがお好きでしたか？」

「前までは別に。でも、アリシアが淹れてくれたものだから、好きになった。眠気で困る私のために、持ってきてくれたんだよ」

「眠気で困っているのなら、素直に早く眠ってください。兄上は働き過ぎですよ」

「アリシアにも言われたよ。私の周りには、心配性で優しい子が多いな」

ヴィルヘルム様は嬉しそうに笑って、ミントティーを一口飲む。

「なあ、もっと言ってやってくれよ。兄上は俺がいくら言っても聞いてくれないんだ」

「私も申し上げたのですが……」

「ああ、だから言ったよ。アリシアがベッドで待っていてくれたら、早く寝るってね」

「本当ですか⁉　よし、あんた、頼んだ！」

普通なら、『何を言っているんですか』と返してくれそうなものだけれど、乗り気だってことは、こういったことは日常茶飯事なのね。

ケヴィン様をジトリと見ると、わずかに怯《ひる》むのがわかった。

「な、なんだよ。睨むなよ」

「別に睨んでなどおりません。そうお感じになるということは、ご自身の発言にやましいことがおありでは？」

もちろん、睨んでないなんて嘘だ。

気まずくなったらしいケヴィン様は、書類をヴィルヘルム様の目の前に置いて「臭いから、もういられません！」と言って、出て行った。

「私の心配をしてくれて、ありがとう。今日は早めに休むとするよ」

「そうしてください。今日だけでなく、明日以降も」

「ああ、そうだね」

翌日、どれくらい早く休んだのかを聞いたら、『いつもより三十分早く眠ったよ』と麗しい笑みを浮かべながら答えられ、大きなため息を吐いた。

◆◇◆

「うん、美味しいわ」

二十二時、私は夕食後に作ったチョコレートを味見し、コクコク頷く。

温めた生クリームの中に細かく刻んだペパーミントを入れ、沸騰直前まで温めて風味をしっかりと移してからチョコレートを入れて溶かし、ブランデーとスパイスを少しだけ入れる。

固まったら一口サイズに丸めて、ココアパウダーとシュガーパウダーをまぶして完成だ。

置いてあったスパイスを確かめる余裕が出てきて、その中の一つが絶対にチョコレートに合うと思っていたのだけれど、これは大当たりだった。

溶かした段階でもう既に美味しかったし、こうしてできあがったものを食べると、何個も手が伸びてしまうほどに美味しい。

「いけない。食べ過ぎてしまったわ」

明日の朝は、少し控え目にしなくちゃね。

たくさんできたし、明日ドリスにも食べさせてあげましょう。また「太る！」と嘆くドリスの姿が目に浮かんで、思わず笑ってしまう。

それにしても、なんだかさっきから身体が変に火照るのは、ブランデーのせいかしら？

私はお酒にそこまで強くないから、少量でも酔ってしまったのかもしれない。

もちろんこれは、ヴィルヘルム様への差し入れだ。

疲れている時に糖分はいいと言うし、ミントも入れたから眠気覚ましにはちょうどいいはず。

チョコレートにミントを入れたので、温かいストレートティーを持って政務室へ向かう。

ノックすると、すぐにお返事を頂けた。

「失礼致します」

「アリシア、もしかしてベッドに誘いに来てくれたのかな？　嬉しいよ」

「私のこの姿を見て、そうお思いになるのでしたら、相当疲れていらっしゃるようなので、どうかお休み下さいね」

「つれないな。それは？」

「ミントチョコレートです。よかったら、お茶と一緒に召し上がってください。ご無理はなさらなくていいので」

「ありがとう。嬉しいよ。では、早速……」

ヴィルヘルム様は早速一つ口に運び、笑みを零した。

「うん、美味しい。口の中がひんやりして、噛《か》むのが楽しいよ」

お会いしたばかりの時は、食事を目の前にすると身構えたお顔をしていたけれど、今ではそんなお顔も見なくなった。

「お口に合って、よかったです。脳の疲れには、甘い物がいいそうですよ」

「へえ、そうなんだ。助かるよ。ちょうど頭がぼんやりしてきたところだ」

「それでは、私は休ませて頂きますが、ほどほどにしてお休みくださいね」

「わかったよ。心配してくれてありがとう」

にっこり微笑まれると、心臓がトクンと跳ねた。

自室に戻った私は、明日の朝食の仕込みを始めていたのだけれど……。

「はぁ……はぁ……」

おかしいわ……。

どんどん身体が熱くなってきて、呼吸が乱れて、頭がぼんやりする。ブランデーは入れたけど、こんなになるほどの量は入れていない。

体調を崩して高熱を出したのかと思ったけれど、過去に高熱を出した時とは違う。

何？　私、どうしてしまったの？

お腹の奥が酷く疼《うず》いて、足の間が切ない。あまりの切なさに、自ら触れたいと思ってしまうほどだった。

まさか――。

心当たりは、今日初めて使ったスパイスしかないわ。

もし、毒だったら……！

「……っ……いけない。ヴィルヘルム様が……っ……あっ！」

これ以上口にしないように、止めに行かなければいけない。でも、足に力が入らなくて、その場にへたり込んでしまう。

「だ、誰か……」

ヴィルヘルム様は私を信用して召し上がってくださったのに、もし、毒だったら……！

なんとか立とうと近くにあった椅子を掴んだけれど、手にちっとも力が入らない。使用人を呼ぶベルも遠い。

「誰か、ヴィルヘルム様を助けて……」

ああ、小さな声しか出ない。するとリビングの扉が開く音が聞こえた。よかった。誰か気付いてくれたみたいだわ。

「誰か……」

「アリシア？　外まで物音が聞こえて……アリシア⁉」

現れたのは、ヴィルヘルム様だった。

「どうした？　大丈夫？」

「……っ……ヴィルヘルム様、すぐ医師に診ていただいてください。私、間違えて、さっきのチョコレートに毒を……あっ」

抱き起こしてもらうと、触れられたところがとてもくすぐったい。

「毒？　どういうこと？」

「チョコレートを食べたら……か、身体がおかしく……」

「身体が？」

「はい、今日、初めて使ったスパイスが、きっと毒だったに違いありません……っ……私を信用してくださったのに、申し訳ございません。は、早く医師に診ていただいてください」

「どれを使ったの？」

「右から三番目の小瓶に入ったものを……」

ヴィルヘルム様は小瓶を取り、私の前にお持ちになった。

「これ？」

「……っ……はい……」

やっとのことで答えると、ヴィルヘルム様はすぐに蓋を外して、香りを確かめた。

「ああ、安心していいよ。これは毒なんかじゃない。我が国でしか採《と》れない花から作られた媚《び》薬《やく》だ」

「び、媚薬？　どうして、そんな……」

「これは熱を加えると十分ほどで効力が無効になって、香りだけが残るんだよ。だから我が国では当たり前のように使われているものだから、こうして並べたみたいだけど、説明すべきだったたね。配慮が足りずに、すまなかった」

じゃあ、この切ない疼きは、切なさは、毒で苦しんでいるのではなくて、身体が淫らになっているということ？

そしてそんな醜態をヴィルヘルム様に、見せているなんて……！

今すぐその場から逃げだしたいのに、力が入らない。

時間が経つほどに疼きと切なさが強くなっていって、階段をひたすら上った時のように息が乱れてしまう。

ヴィルヘルム様もいつもより頬が赤い。それに私ほどではないけれど、呼吸も少し乱れてきている。

きっと時間が経てば、私のようになるのだろう。

「も、申し訳ございません……私の方こそ、勉強不足……でした……。あの、どうすれば、治まるのでしょうか？　中和剤のような、ものは……」

声の振動だけでも、お腹の奥が刺激として受け止める。

「残念ながら、ないんだ」

「えっ」

「毒ではないからね。摂取してすぐなら吐けば大丈夫だけど、ここまで効いていたら、意味がない。私も、キミもね。恐らく、朝までは続くと思う」

「そんな……」

朝までこんな状態が続くなんて……。

あまりの辛さに涙目になってしまうと、リボンを解かれた。髪がサラリと落ちて、肩にかかる。

「ヴィルヘルム……様？」

「一つだけ、この辛さがましになる方法がある」

「ほ、本当ですか？　どうか、教えてください……」

朝までこんな状態なんて、おかしくなってしまう。するとヴィルヘルム様は私を抱き上げ、調理台の上に座らせた。

「効能が切れるまで、快感を与え続ければいい。それを目的とする薬だ」

「……っ……え……？」

それは、つまり……。

「私と愛し合えばいい。そうすれば、キミも、私も、この淫らな熱から解放されるよ」

「なっ……い、いけません。そんな……未婚の身で……しかも、恋人でもない方と、愛もなく、か、快楽を得るのを目的に……だなんて」

「私は快楽を目的とはしていないよ。この場にいるのが、キミ以外の女性なら、こんな提案なんてしない。アリシアを愛しているからこそ、触れたいんだ」

「……っ……何……を、仰って……ぁっ……」

ドレスの上から太腿を撫でられると、足の間がより切なくなる。同時に変な声が出て、咄嗟に両手で口を塞いだ。

「アリシア、初めて会った時から、キミを愛している」

心臓が大きく跳ね上がった。

ヴィルヘルム様が、私を……？

「キミの料理が美味しい。他の者が作った料理は受け付けないと言うのは本当だ。だが、専属シェフとして連れ帰るのではなく、私の妃として迎えたかった」

「な……っ」

媚薬には、幻聴効果もあるのかと思った。

でも、目の前にいらっしゃるヴィルヘルム様はとても真剣な顔をして私を見つめているし、太腿に置かれた手の温《ぬく》もりが、現実だと伝えてくれている。

「私が望めば、国の力もあって、ビダル王子はキミを差し出すし、国を大切に想うキミも私の元へ来てくれるだろう？　でも、それでは嫌なんだ。私はキミの心ごと欲しい……今はまだ私のことを愛してくれていないだろうけれど、これから振り向かせてみせるよ」

本当に……？

いいえ、私が「愛もなく」と言ったからという可能性もあるわ。

以前の私なら、きっと言葉通り受け止めていた。でも、ビダル様とカリナのことがあってからは、言葉の裏を読んでしまう。

誰もが夢中になってもおかしくない麗しい美貌の持ち主で、大国の王という輝く地位——そんな素晴らしい方が、不名誉な理由で婚約破棄をされて、両親からも見放された地位も美貌も何も持っていない私を好きになるだろうか。

考えられたのは、そこまでだった。

ヴィルヘルム様の綺麗なお顔が近付いてきて、ぼんやりと見惚れているうちに唇を奪われたからだった。

「んっ……ぅ……」

な、なんてこと……！

大変なことになってしまった。

顔を背けて逃れようとしても、頭を手で固定されてしまって動かせない。ただただ、ヴィルヘルム様にされるがままだ。

唇を食《は》まれ、舌でなぞられると、お腹の奥の疼きが強くなって、信じられないほど熱くなる。

身体がこんなことになるなんて、生まれて初めてのことだ。

まるで、ジャムでも煮詰めているのではないかと思うほどに熱くなっていた。

足の間が切なくて、腰がモジモジ揺れてしまう。

緩んだ唇の間を割って、ヴィルヘルム様の舌が入ってくる。腔内《こうない》をねっとりと舐《な》められるとくすぐったい。癖になりそうな刺激だった。

未知の刺激に戸惑っていたら、舌を絡められてしまう。

ヌルヌル擦り付けられるたびに、なぜか触れられていない下腹部が切なくなるのは、どうしてなの？

いつの間にか私は足を大きく開いていて、その間にヴィルヘルム様の身体があった。腰を撫でられると肌がゾクゾク粟立《あわだ》つ。

「ん……ぅっ……」

こんなことはいけないわ。もう、これ以上は、本当に……。

抗議の意味を込めて、ヴィルヘルム様の身体を押す。でも、少しも力が入らなくて、ただ触れてるのと変わらない。

胸元が少し涼しいと思ったら、いつの間にかドレスの胸元を乱されていた。

「……っン……！」

だ、駄目……！

慣れた手付きでコルセットの紐《ひも》を緩められ、とうとう胸を露わにさせられた。ヴィルヘルム様は私を組み敷くと、唇を離してジッと見下ろした。

熱い視線を感じると、身体がより熱くなるのを感じた。

「なんて綺麗な胸なんだろう。こんなに白くて、そうだ。この前キミが作ってくれたミルクゼリーみたいだね」

「み、見ないでください……あっ……」

ヴィルヘルム様は艶《つや》やかに微笑むと、私の胸を揉《も》み始める。触れられているところから快感が走って、自分から聞いたことのないような声が次へと零れた。

「あっ……あっ……や……っ……だめ……っ……んっ……ぁんっ……あっ」

「あのミルクゼリー、とても美味しかったよ。こんな風にチェリーも添えてくれていたね。砂糖漬けにしていたのかな？　甘くて美味しかった」

淫らに変えられた胸の先端は、ツンと尖《とが》っていた。ヴィルヘルム様はそこをパクリと咥《くわ》えて、唇と舌で刺激し始めた。

「ひぁ……っ……！　あっ……だめ……あっ……ぁあっ……！」

舌の動きと共に身体がビクビク跳ねて、どう受け止めていいかわからない甘い刺激が襲ってくる。

「こちらのチェリーもとても美味しいね。癖になりそうだよ。ずっとこうして味わっていたいくらいだ」

「や……ずっと、なんて……」

媚薬とヴィルヘルム様に火照らされた身体は、濡れた先端に息がかかるだけでも辛いほど敏感になっていた。

「……アリシア、ところで質問をいいかな？　キミはとても初々しいのだけど、こういった経験がなかったりする？」

「あ……っ……当たり前です！　未婚なのですから……！」

「ビダル王子と婚約していただろう？　彼はキミを求めなかったの？」

「ええ、性別を越えた友人……のような感覚でした……から……こんなことは、一切ございません……っ」

まあ、それは、私の勘違いだったのだけれど……。

「キミのような魅力的な女性が傍に居て、友人で済ませられるなんて理解できないな。私がビダル王子の立場なら、時間や場所を問わずに求めていただろうね」

「な、何を仰って……」

「優しくて、愛らしくて、美しい。それにこんな極上の身体……ご馳走を目の前にぶらさげられているようなものだ。とても我慢できないよ」

片方の先端を舌と唇で刺激され、もう一方は指で捏《こ》ねるように弄《いじ》られた。下腹部の疼きがどんどん強くなって、腰が勝手に揺れてしまう。

「あっ……んんっ……あっ……嫌……おかしく……ぁっ……んんっ……おかしくなってしまいます……っ！」

足元から、何かがせり上がってくるのを感じる。

初めての感覚なのに、それを待ち望んでいたというのが本能でわかった。

こんなことはいけない。

早く止めていただかなくては、取り返しの付かないことになる。

頭の中にある理性が、そう激しく警鐘を鳴らしているのに、本能はもっと刺激が欲しいと叫んでいた。

「こちらも早く触れてあげないと、辛いね」

ドレスの裾から手を入れられ、私はギクリと身体を引き攣らせる。

「あっ！　い、いけません……！」

「大丈夫、怖がらないで。心配しなくていいよ。私が気持ちよくしてあげるから」

違う。私の望みは、気持ちよくしてほしいなんて、いやらしいことではない。これ以上淫らな行為をしないことだ。

それなのに下腹部は、私の心とまるで裏腹な反応を見せた。

ヴィルヘルム様の言葉を喜ぶように、より激しく疼き出すものだから、耐えがたい自己嫌悪に襲われる。

太腿に触れたヴィルヘルム様の手は、とても熱い。しっとりと撫でられるたびにゾクゾクして、とうとう付け根へ辿《たど》り着いた。

「あっ……い、嫌……ヴィルヘルム様、いけません……っ！」

首を左右に振って必死に訴えても、ヴィルヘルム様はやめてくださらない。

「大丈夫だよ。アリシアはただ、気持ちよくなることを考えて」

下着の中に手を入れられ、長い指が割れ目の間をなぞる。指を動かされるたびにクチュクチュ淫らな水音と、恐ろしいと思うほどの快感が襲ってきた。

「ひゃうっ！　あっ、あっ、ン……やっ……だ、め……ぁっ……あぁっ」

「可愛い音が聞こえるよ。きっと蜂蜜よりも甘いのだろうね」

ヴィルヘルム様は唇をペロリと舌なめずりし、再び胸の尖りを舐めた。同時に強い快感を与えられて、頭が真っ白になる。

「やっ……な、何か……きて……あっ……あぁぁぁっ……！」

足元からせり上がってきた何かが一気に全身を駆け巡り、頭の天辺《てっぺん》を突き抜けていく。

何……？

身体中の血液が信じられないぐらい熱くなって、一瞬で蒸発したみたいに感じた。

頭が痺《しび》れて、何も考えられない。

あまりにも気持ちよくて、身体がとろけている。全身の骨が全て溶けてしまったみたいだ。

指一本動かせない。

下腹部がドクドク激しく脈打って、そこに心臓が移ったのかと本気で思うほどだ。

「や……な、に……？　身体が……変に……」

尖りから唇を離したヴィルヘルム様が、クスッと笑う。

「達《い》くのは、初めて？」

「い……？」

「初めてみたいだね。快感を与えられ続けると、一際気持ちよくなれる素晴らしい瞬間があるのだよ。素敵だろう？　癖になると思わないかい？」

「……っ……な、なりませ……っ……は……ぅっ……ん………ぅっ……」

一度治まったかと思った切なさが、また戻ってきた。しかも、一際激しさを増している気がする。

時間が経って、媚薬がどんどん身体に回ってきているのかもしれない。

これで、どこまで効いているの？　今ですら辛いのに、さらに上があると考えたら、泣いてしまいそうだった。

「は……ぅっ……ぁっ……あぁ……」

こんな姿を見られるのは、恥ずかしい。でも、取り繕っている余裕なんて少しもなかった。

涙目になって身悶《みもだ》えしていると、ヴィルヘルム様が額にキスを落とす。

「んっ」

「アリシア、辛いんだね。可哀想に……大丈夫だ。私がいるよ」

ヴィルヘルム様は私を軽々と抱き上げて、寝室に向かって歩き出した。そのわずかな振動すら、淫らに触れられているような刺激になる。

「ん……ぁ……っ……はぁ……はぁ……」

下腹部の疼きが激しくなって、身体の感覚が鋭くなるのとは逆に、思考が低下していく。頭がぼんやりして、何も考えられない。

羞恥心はまだわずかに残っている。でも、先ほどまであった理性は全て溶けて、ただただ快感が欲しいとしか思えなくなっていた。

「普段の清楚《せいそ》なキミも素敵だけど、乱れたキミはなんて魅力的なんだ……見ているだけで、達してしまいそうだ」

ベッドに座らされ、乱されたドレスやコルセットを取り払われた。冷たい空気が、熱く汗ばんだ身体を撫でてくれて心地がいい。

生まれたままの姿になった私を寝かせたヴィルヘルム様は、ご自身も服を脱いでいく。普段なら考えられないことだけど、私はその様子をぼんやりと見ていた。

傷一つない滑らかな肌、無駄な脂肪のない引き締まった身体——純粋な気持ちで綺麗だと見惚れてしまう。

でも、さすがに下穿《したば》きを脱いでからは、頭がぼんやりしているからといって、そんな純粋な気持ちにはなれなかった。

初めて見る男性の分身に、心臓がドクンと脈打つ。

不思議な色形をしていて、とても大きかった。

「ああ、もっと時間をかけて、キミをたっぷり知りたいのに、もう我慢できそうにない。早くキミの中に入りたくて、おかしくなりそうだ……」

全てを脱ぎ終えたヴィルヘルム様は、私の最も守らなければならないところに男性の象徴を宛《あて》がった。

「ぁ……っ」

男性を受け入れた経験なんてないのに、早く中に入れて、奥を弄ってほしいという衝動に駆られる。

経験はなくとも、本能がそれはとてもいいことなのだと叫んでいた。

「すまないね。媚薬が効いていても、きっと少しは痛むと思う。許してほしい」

目の前にあるヴィルヘルム様のお顔は、いつものような余裕が見られない。その表情を見ていたら、先ほどからずっと疼いているお腹の奥が、一際キュゥッと切なくなった。

「挿《い》れるよ。力を抜いていて」

男性の象徴が入口を押し広げて、ゆっくりと私の中に入ってくる。経験したことのない痛みが襲ってきて、瞼《まぶた》の裏が真っ赤に染まった。

「――……っ……ひっ……！　ぁっ……ぅ……」

「アリシア、大丈夫？　まだ、三分の一程度だけれど……」

「えっ……」

こんなにも痛いのに、まだ三分の一だけ？　全て入れられたら、どんなに痛いのだろう。

でも、とても欲しい。

どんなに痛くてもいいから、早く中をみっちり埋めてほしい。擦り付けてほしい。そう強請《ねだ》るように腰が揺れた。

「……っ……ああ、そんな誘い方されたら、堪《たま》らないよ……キミにばかり辛い思いをさせて申し訳ないが、もう少し頑張って……」

腰が進んでいくたびに、痛みが強くなる。辛かったのは最初だけで、最奥にぶつかるまでには、その痛みすらも快感に変わった。

「んん……っ」

「これで全部だ。ああ……アリシア、キミの中は、なんて気持ちがいいんだ……ねっとりと私のに絡み付いて……」

ずっと乙女を守り続けてきた。

それが当たり前で、生涯独身が決定した今は、永遠に乙女を失うことはないと思っていたのに、まさかこんな形で男性を受けいれることになるなんて……。

「ああ……血が出ているよ。キミの初めての男になれるなんて嬉しいよ。最初で最後の男になりたいな」

繋ぎ目を見られていることに気付いても、どうすることもできない。

「や……っ……み、見ないでくださ……い……恥ずかし……いです……」

「ああ……ごめんね。できるだけ優しくするよ。ただ、どこまで優しくできるかは……ちょっと自信がないんだけれど……」

ゆっくり気遣うような抽挿は、最初だけだった。

「あっ……！　あぁっ……んっ！　ぁんっ！　あぁっ……あっ……あっ……ぁんっ！」

私の反応を見て大丈夫だとご判断されたらしい。ヴィルヘルム様は徐々に激しく腰を打ち付けてくる。

「アリシア……キミは清楚で可憐《かれん》なのに、中はこんなにも情熱的だなんて……ああ、もうキミはどれだけ魅力的であれば気が済むんだ？」

擦り付けられている中が、熱くて、痛くて、でも、それ以上に気持ちがいい。先ほど初めて体験した絶頂が何度もやってくるのに、満足できない。

「ああ……達《い》きそうだ。一度、出すよ……」

「や……ぁっ……」

一度引き抜かれると、喪失感で泣きそうになった。

ヴィルヘルム様は私のお腹に白い飛沫《しぶき》をかけ終えると、再び中に入れて抽挿を繰り返す。

ヴィルヘルム様も、私と同様にいくら達しても満足ができない状態なのだ。

「ん……ぁっ……」

「アリシア、辛いところを……すまないね……」

私は淫らな声を上げながら、首を左右に振った。

ヴィルヘルム様は悪くなんてない。私の勉強不足のせいなのだから、どうか謝らないでほしい。

「ぁっ……あぁっ……ぁんっ……は……ぅっ……あぁっ……あぁっ……んんっ……あっ……あぁっ……！」

あまりにも声を出し過ぎて、嗄れてきているのに止められない。

それから、何度絶頂に達しただろう。

わからない。数えきれないほど達したのに、次から次へと欲求が湧いてくる。私たちはひたすらお互いを求め合い、欲求を埋め続けた。

そして空が明るくなってきた辺りで薬が切れ、体力の限界を迎えた私はプツリと意識を失ってしまった。

◆◇◆

喉が渇いて目を覚ますと、身体が妙に怠《だる》い。

「ん……」

私、いつベッドに入ったのかしら……。

カーテンの隙間から、光が漏れているのが見える。

今、何時かしら。寝過ごしていないといいのだけど……。

身体を起こしてブランケットが落ちると、何も身に付けていない肌が視界に飛び込んできた。

「えっ⁉」

な、何？　どうして私、服を着ていないの？

「ん……もう、朝？」

隣から、このベッドに居るはずのない。居てはいけない声が聞こえてきた。

恐る恐るそちらに視線を向けると、私と同じく裸で眠るヴィルヘルム様の姿が見えてギョッとする。

「……っ⁉」

そうだわ。私、昨日……！

未婚の身でありながら、ヴィルヘルム様と身体を重ねてしまった。しかも、何度も、何度も
――あんな淫らな声を上げて……！

「ああ、朝からいい眺めだ。今日はいい日になりそうだね」

ヴィルヘルム様の目線が、なぜか胸に集中している。

「きゃっ……！」

何も身に付けていないことを思い出したのは、じっくり見られた後だった。落ちたブランケットを慌てて引き上げると、ヴィルヘルム様が艶やかな笑みを浮かべる。

普段から色気があるお方だけれど、今朝はより強さを増しているような気がした。

「あ、の……昨夜は私の失態で、申し訳ございませんでした……」

「失態などではないよ。説明しなかったこちらの不手際だ。でも、そのおかげで、アリシアと仲を深めるチャンスを掴むことができて、私は嬉しかったけれどね」

ヴィルヘルム様は私の髪の毛を一房取ると、長い指に巻き付けて遊ぶ。

「この綺麗な髪をずっとこうして触れたいと思っていた。夢が叶ったよ」

「……っ」

本気にしては、駄目――。

ヴィルヘルム様は、プレイボーイだもの。「愛している」なんて、挨拶代わりかもしれないわ。

いいえ、ご本人の口からお聞きしないことには、本当かどうかなんてわからないけれど……。

聞きたくない。知りたくない。でも、確かめなくては、何も始まらない。

「……その、ヴィルヘルム様は、随分と女性関係が派手だとお聞きしましたが？」

「ああ、そうだね。自分ではあまり自覚がなかったけれど、派手だと言われたこともあるかな。まあ、全て過去の話だけれど」

認められて、茫然《ぼうぜん》としてしまう。

本当に、プレイボーイだったのね。

「そうですか」

胸の中がモヤモヤして、背にしている枕をヴィルヘルム様に投げてしまいたい衝動に駆られた。

なんとかその衝動は抑えたけれど、モヤモヤはどうにもできない。私は彼の指に絡め取られた髪を強引に取り返し、フイッと顔を背けた。

「おや、嫉妬してくれているのかな？　嬉しいよ」

嫉妬――という言葉に、ドキリとする。

ち、違う。私は、嫉妬なんてしていないわ。

「でも、安心していい。それは過去の話であって、これからはキミだけだ」

「……っ……ご冗談は止してください」

プレイボーイなんだもの。そんな言葉、信じられない。

「おや、照れているのかな？　だとしたら、嬉しいな」

なぜか視線が泳ぐ。

たまたま目に付いたのは、壁掛けの時計だった。五時近い――まだ、早い時間だったことにホッとする。

「ヴィルヘルム様、すぐ自室にお戻りください。今ならまだ人も少ないでしょうし、怪しまれずにお部屋に戻れます」

「怪しんでもらって、大いに結構だよ」

「なっ……何を言って……」

「だって、やましいことはしていないからね。私は愛する女性の部屋に来て、愛を深めただけだ。実に健全なことだろう？」

　プレイボーイにとっては健全でも、一般人にとっては婚前交渉なんて以《もっ》ての外《ほか》よ。しかも恋人でもない男性となんて！

「お帰りください」

　苛立《いらだ》ちを隠しきれない声となってしまった。

「ご機嫌斜めだね。わかったよ。嫌われたくないし、今日は戻るよ」

「ええ、そうしてください」

「その代わりなんだけど、今夜も来ていい？」

「……は？　んぅっ！」

　思わず逸らしていた顔をヴィルヘルム様に向けると、唇をチュッと吸われた。

「今夜も一緒に眠りたい」

「なっ……そ、そんなの駄目に決まっているじゃないですかっ！　もう、出て行ってくださいっ！」

　ヴィルヘルム様は声を荒げて怒る私を見て、とても楽しそうに笑いながら最低限の身支度を調え、自室へとお帰りになった。

　ああ、とんでもないことをしてしまったわ……。

数時間後——朝食を摂りに、ヴィルヘルム様は再び私の部屋を訪ねてきた。

そんな彼を目の前に私は動揺を隠しきれなくて、そんな私を見てヴィルヘルム様は楽しそうにクスクス笑うのだった。

第三章　美味しく食べられて

初めて身体を重ねた夜から一週間ほどが経った。

今夜も一緒に眠りたい——というのは、冗談だと思っていたのだけれど、ヴィルヘルム様はあの日の夜、本当にやってきたのだった。

ま、まさか、本当にいらっしゃるなんて……。

当然お迎えするわけにはいかずに、扉越しにお断りした。でも、翌日も、そしてまたその翌日も訪ねてきて、この一週間、毎夜一緒に寝ようと誘ってくる。

今夜もいらっしゃるのかしら……。

「ヴィルヘルム様、失礼致します」

「やあ、待っていたよ。ああ、いい香りだ」

休憩の際に、何か甘いお菓子が食べたい。

と、珍しくヴィルヘルム様からご所望だったので、たっぷりの生クリームとベリーを載せたスフレパンケーキと紅茶を持って、深夜の政務室を訪ねた。

書類が積み重ねられた机から離れ、来客用のソファに腰を下ろしたヴィルヘルム様の前に、ケーキと紅茶を置く。

「今日も美味しそうだね」

「お気に召していただけて、何よりです。それでは、失礼致します」

身体の関係を持ってからというもの、気恥ずかしさのあまり、ヴィルヘルム様のお顔がまともに見られない。

彼を見ていると、あの夜を思い出してしまう。

昼の感触、指遣い、そして淫らな熱――考えてはいけないと思うほどに、どうしても思い出して顔が熱くなる。

「ああ、待って」

「はい？」

「自分で頼んでおいてなのだけれど、まだ夕食が胃に残っていてね……。これだと少々量が多いんだ」

「そうでしたか。お気になさらずに、どうか残されてください」

「いや、せっかくアリシアが作ってくれたものなのに、残すなんてことしたくないな。半分、一緒に食べてくれないかな？」

「えっ」

「息抜きも兼ねて、話し相手にもなってほしいし」

ここでお断りすれば、私が変に意識していると思われるかもしれない。

身体の関係になる前なら、普通に了承しているところだもの。

「わかりました。では、半分頂きます。今、お皿とフォークを持ってきますね」

「わざわざ新しい物を持って来なくても、一緒に食べればいいよ」

「何を仰って……きゃっ！」

手を引っ張られてバランスを崩した私は、ヴィルヘルム様の膝の上に乗せられた。

「ほら、こうしてアリシアが膝の上に乗ってくれたら、私が食べさせてあげられる。二人で一つの皿とフォークで足りるだろう？」

「か、からかわないでください」

「からかってなどいないよ。最近避けられていたから、寂しかったんだ。私のことを好きになってくれるどころか、嫌いになってしまった？」

「……っ……そういうわけ、では……」

「じゃあ、私の愛し方に不満があったかな？」

「……え？」

愛し方って、もしかして……もしかしなくても、あの夜のこと？

「あまりよくなかったかな？」

「な、何を……仰って……」

「私はとてもよかったし、キミも気持ちよさそうにしてくれていたから、気に入ってくれたんだと思っていたけれど、違ったかな？　あんまりよくなかった？」

「い、いやらしいことをお聞きにならないでください……っ」

「大事なことだろう？　教えてもらえたら、改善することもできるのだから」

「改善って……」

また、身体を重ねるような言い方をしないでほしい。

「そう、お互いが心地よく過ごすために改善していくことは、とても大切なことだ。さあ、キミの作ってくれた美味しいケーキを食べながら、ゆっくり二人で考えよう」

ヴィルヘルム様はパンケーキと生クリームをすくって、私の口元へ持ってくる。

「口を開けてごらん？」

「えっ……あっ……」

咄嗟に口を開けた。でも、中に運んでもらう前に口を閉じてしまって、唇に跳ね返ったケーキは私の開いた胸元に落ちる。

よりによって、どうしてそこに落ちるの？

この前の情事を思い出させるような場所に感じて、なんだか一人で気まずく感じる。

早く拭き取りたいけれど、少しでも動いたら落ちて、ヴィルヘルム様のお洋服やソファを汚してしまいそう。

「ああ、落ちてしまったね。ジッとしていて」

「は、はい、申し訳ございません……」

拭く物を取ってくださるのかと思いきや、ヴィルヘルム様は私の胸に顔を近付けてきた。

「え？　あの、ヴィルヘルム様……ひゃっ」

ヴィルヘルム様はケーキを舌ですくい上げると、食べてしまう。胸に舌先が当たって、身体がビクッと跳ねた。

「うん、すごく美味しい。相変わらず、アリシアの作るお菓子は素晴らしいね」

「な、なんて取り方をされるんですか……っ！　何か、拭く物を……」

「拭くなんて勿体ない。私が舐め取るよ」

「いけませんっ！」

「ああ、体温で生クリームが溶けてきてしまったね。このままだとドレスが汚れてしまう。急がないと……」

「きゃっ！　だ、駄目……っ！　もう、ヴィルヘルム様！　あっ」

ドレスを脱がされそうになり、抵抗しようとしたら生クリームが落ちそうになる。

「動いてはいけないよ。ジッとしていて」

とうとう下着を露わにさせられてしまった。ヴィルヘルム様の手が、コルセットの紐にまで伸びてくる。

「あっ！　な、何を……」

「こちらも汚れてしまいそうだからね。動いてはいけないよ」

本当に垂れそうなので、動けない。邪魔がないことをいいことに、ヴィルヘルム様はコルセットの紐を緩めてしまう。

ま、まずいわ。このままじゃ、また……。

「ヴィルヘルム様、お願いします。何か拭く物を……勿体なくなんてありません。まだ、たくさんございますから……」

「アリシアの作ってくれたものだ。たくさんあったとしても、少しも無駄にしたくない。どれもとても貴重なものだ」

そのお気持ちは、とても嬉しい。でも、だからと言って恥ずかしさが和らぐわけではない。

ついにコルセットをずり下ろされ、胸を露わにさせられた。

「あっ……！」

「これでよし」

「よ、よし、じゃありません！　なんてことを……」

思わず体を動かしてしまい、ついに生クリームが胸まで垂れた。

「ああ、垂れてしまったね。でも、先ほど以上に美味しそうになった。アリシアは料理の天才だ」

「こ、こんなの料理じゃ……」

ヴィルヘルム様は艶やかに微笑むと、私の肌に付いた生クリームを舐め取っていった。

「……っ……ン……ぅ……」

く、くすぐったい……。

声が出ないように、唇を結んで必死に耐える。でも、少しでも油断したら、大きな声が出てしまいそうだ。

「うん、とても美味しいよ」

「も……っ……やめ……ぁっ……んんっ……」

今日は媚薬なんて口にしていないはずなのに、こうして舐められていると、お腹の奥が熱くなっていくのを感じる。

「ああ、美味しい……食べ過ぎて、太ってしまいそうだよ」

「も……それくらいに……っ……ぁんっ」

「いや、もっと食べたい。私は一生、太りたくないけれど食べたい……という人の気持ちがわからないと思っていたけれど、今ならすごくわかるよ」

「や……っ……も……やめ……っ……あぁっ」

これ以上垂れないようにと胸を持ち上げるその手は、いつの間にか淫らな動きをし始めていた。

恥ずかしくて直視できずに、目を逸らしているのだけれど、なんだか生クリームが垂れていないところまで、舌で舐められているような？

「あ、の……ヴィルヘルム様……ひぁっ!?」

恐る恐る声をかけたその時、胸の先端を舐められた。

「そんなところになんて、ついているはずが……」

「あまりにも美味しそうだったから、ついね。それに、こんなにも尖らせているから、舐めてほしいのかな？　と思って。違った？」

嘘……！

尖りを指先で突かれ、逸らしていた視線を思わず戻した。するとヴィルヘルム様が指摘した通り、淫らな形になっていた。

「……っ……ち、違います」

「じゃあ、どうしてこんなにも尖らせているのかな？」

硬くなったそこを両方キュッと抓まれ、飴細工を作る時のように、指の間でクリクリと転がされた。

「ぁっ……！　や……っ……違……」

「違う？　いや、アリシアの可愛い乳首が、こんなにも美味しそうに尖っていることは、紛れもない事実だよ。ほら、こんなに」

「それは……ヴィルヘルム様が、弄る……から」

「弄る前からだよ？」

ヴィルヘルム様はクスッと笑って、尖りをしゃぶり始めた。

「んっ……あっ！　い、嫌……っ……ヴィルヘルム様、いけません……離してくださ……っ……あっ……あぁっ……！」

ヴィルヘルム様と身体を重ねた夜――あんなに乱れたのは、敏感になっていたのは、媚薬のせいだと思っていた。

それなのに今の私の身体は、あの夜と同じぐらいに感じている。

舌で捏ねくり回され、根元からチュッと吸われることを繰り返されると、気持ちよさのあまり鳥肌が立つ。

「ぁっ……んんっ……舌……っ……んぅ……舌で、弄らない……でくださ……っ……やんっ……あっ……あっ……」

ヴィルヘルム様から離れようとしても、そこを弄られていると力が入らない。抗議の言葉は全て喘《あえ》ぎ声になってしまう。

「こちらもいただこうかな。どちらも美味しそうで、目移りしてしまうね」

今度は反対側の尖りを咥えられてしまった。

ヴィルヘルム様はチュパチュパ音を立てながら、味なんてしないはずなのに、美味しそうにしゃぶる。

「美味しくなんて……っ……あっ……ぁんっ……嫌……っ……ヴィルヘルム様、も……そこを舐め……ては……んぅっ……やっ……」

こうして弄られているとますますお腹の奥が熱くなって、身悶えするとショーツの中が濡れていることに気が付いた。

嘘……私、どうして……。

ヴィルヘルム様の手が片方胸から離れて、ドレスの裾の中に潜りこんできた。太腿を撫でながら目指すのは、もちろんあの場所しかない。

「あっ……駄目！　いけません……っ……そこは……」

触れられたら、おかしくなる。媚薬も飲んでいないのに濡れてしまっていることに、気付かれる。

そこに辿り着かないように、ドレスの上からヴィルヘルム様の手を押さえる。

でも、胸の尖りを少し強めに吸われると力が抜けて、とうとう下着越しに触れられてしまった。

「ひゃうっ……」

下着の上から割れ目の間をなぞられると、胸の先端以上の強い快感と共に、クチュクチュ淫らな音が聞こえてくる。

「ここからとても可愛い音がするね。どうしたのかな？」

「……っ……知りません」

気持ちよくて濡れたなんてはしたないこと、言えるはずがない。

でも、ヴィルヘルム様は絶対に気付いていらっしゃる。わかっているのにわざとお聞きになるなんて意地悪だわ。

「ここにケーキは、零していないはずだけれど……」

居た堪れなくなって顔を背けると、ソファに組み敷かれた。ドレスの中に入れられた手が、ショーツの端を掴んだ。

「あっ……何を……きゃっ……い、いや……だめ……っ……脱がせないでくださ……っ……あっ！」

戸惑っているうちにショーツをずり下ろされ、足を持ち上げられた。ドレスとパニエがめくれて、恥ずかしい場所が露わになってしまう。

涼しい空気とヴィルヘルム様の熱い視線を感じ、顔どころか身体中が燃え上がりそうなほど熱くなる。

「やっ……ヴィルヘルム様、な、何を……」

「知らない間に零してしまったらしいからね。綺麗にしないと……」

「……っ!? ち、違います。ケーキなんかじゃ……あっ……」

足を閉じたいのに、力が入らない。

ヴィルヘルム様は割れ目を指で広げて、そこを興味深そうにじっくりと眺めた。クチュッと淫らな音が聞こえて、顔から火が出そうになる。

「や……っ……み、見ないでください……」

こんな場所をヴィルヘルム様に、こんなにもじっくり見られてしまうなんて……。

あまりにも恥ずかしくて、涙が出てくる。

「なんて愛らしいんだろう。ピンク色で、とても綺麗だ。それにこんなにも小さな穴で、私を受け入れてくれたんだね」

「……っ……い、いやらしいことを、仰らないで……も……見ないでください……あっ」

ヌルリとした熱いものが、広げられた割れ目の間を滑っていった。

「ひゃっ……ぁんっ……！　あっ……あぁっ……」

胸や尖りにも触れたあの感触――恥ずかしい場所をヌルヌルしたものが何往復し、最も敏感な場所を執拗《しつよう》に攻めたて、凶暴なほどに激しい快感が襲ってくる。

この感触は、まさか――。

逸らしていた顔を恐る恐る足の間に向けると、とんでもない光景が視界に飛び込んでくる。

ヴィルヘルム様は足の間に顔を埋めて、割れ目の間を舌でなぞっていた。

「やっ……いやっ……そ、そんなところを舐めては、いけません……ぁっ……んんっ……き、汚いです……」

「汚いなんてとんでもない。こんなにも清らかで、愛らしい。それにとても甘くて美味しいよ。さすがアリシアの作ったお菓子だ。こんなにも夢中になれるお菓子を作ることができるなんて、本当に素晴らしいね」

　こんなところにケーキなんて零していないとわかっているのに、私を恥ずかしがらせようとわざとそう仰っているのね……！

「も……もう、舐めないで……ください。綺麗になりました……もう、零れていません……から っ」

「いや、まだ、全然綺麗にできていないよ。まだ、こんなに零れているからね」

　膣口に何かツプリと入れられた。

「ひぁっ⁉」

　な、何……？

　ヴィルヘルム様が腕を動かし始めたことで、中に入れられたそれが、彼の指だったのだと理解した。

「ほら、こんなに奥まで入り込んでいるよ。ちゃんと舐め取ってあげないといけないね」

「あっ……や……っ……ぬ、抜いてくださ……っ……ぁんっ！　あっ……あぁっ！」

　また、敏感な場所を長い舌でしゃぶられ、奥の方で生まれ続けている淫らな蜜を指で掻《か》き出された。

　指で押されるたびに奥がムズムズ切なく疼いて、そこにも刺激が欲しくなる。あの夜のように、ヴィルヘルム様の欲望で激しく突いてほしいと考えてしまう。

駄目……そんな淫らなことを考えては、いけないわ。

いやらしい願望を振り払うように、首を左右に揺さぶった。でも、全く消えてくれない上に、足元から絶頂の予兆がやってくる。

——駄目……！

「ン……ぅ……ぁっ……や……んんっ……！」

媚薬も飲んでいないまともな状態で、達してしまうのは恥ずかしい。

理性を奪う薬を口にしてしまっている時は、達しても仕方がない。でも、通常で達するというのは、淫らな女だと認めているような気がして自分で自分が許せない。

めくれあがったドレスを強く握って、襲いかかってくる快感から必死に耐えようとした。でも、惜しみなく与えられる刺激は、とても大きな快感となって、足元から駆け上がってくる。

攻防も空《むな》しく——というより、ほんのわずかな間しか我慢できなかった。

「や……き、きちゃう……ぁっ……んっ……あっ……あぁ——……っ！」

私は腰を弓のようにしならせ、耳を塞ぎたくなるほどの恥ずかしい声を上げて達した。

ああ、なんて恥ずかしいの……。

絶頂の余韻と共に羞恥心に襲われ、熱くなった顔を両手で覆う。見えないけれど、衣擦《きぬず》れの音で、ヴィルヘルム様が身体を起こしたのがわかった。

手の甲にチュッとキスを落とされ、予想外の刺激に身体と心臓が跳ね上がる。

「……っ！」

「隠さないで。顔が見たい」

「嫌です」

「そんなことを言わないで。キミはいつも愛らしいけれど、私で感じてくれている顔が、一番可愛いから」

「……っ……い、嫌です！　変なことを仰らないでください……」

そんなことを言われたら余計に見せられるわけがない。でも、これからどうしたらいいの？

動けそうにないわ。

カチャという金属音の後に、衣擦れの音が聞こえる。

何？

その音の正体に気付いたのは、膣口に何かを宛がわれてからだった。

「あっ」

それはもちろんヴィルヘルム様の分身で、顔を覆っていた手を退けるとほぼ同時にグッと腰を押し付けられた。

「……っ……ぁ……だ、だめ……あぁっ……！」

私の意思とは裏腹に、濡れた中は欲望を大歓迎していてどんどん呑みこんでいく。

とうとう奥まで入れられると、もう離さないと言っているかのように収縮して、分身をギュウッと締め付けた。

「また、キミの中に入れてもらえて嬉しいよ」

「同意……なんて、していません。ヴィルヘルム様が勝手に……っ……ン……！」

抗議している途中で、唇を深く奪われた。ヌルヌル擦り付けられる長い舌からは、私の作ったケーキの味がする。

とても甘くて、いつまでも口に入れていたい。そんな味――確かにケーキは自信作だ。でも、だからと言って、そう感じるわけではない。

「ん……ぅっ……んっ……んんっ……」

甘い味のする舌にとろけるようなキスをお見舞いされ、頭がぼんやりする。

「ようやく可愛い顔が見られたし、キスもできた。中、痛くないかな？」

「……っ……平気、ですが……こ、こんな……」

痛みはまるでない。むしろとても気持ちがいい。でも、それは絶対に言えない。

「よかった。あの夜で私の身体に慣れてくれたようだね。嬉しいよ。これからは、恋しくなってくれるように頑張るよ」

「そ、そんな……の……頑張らなくて……っ……ひ……ぁっ……！」

ヴィルヘルム様はにっこりと微笑むと、ゆっくり腰を動かし始めた。擦り付けられたところから快感が生まれ、身体中に広がっていく。

「や……っ……だ、め……っ」

「ああ……キミの中は、本当に、なんて気持ちがいいんだ……」

「あっ……あっ……んんっ……嫌……う、動かない……で、くだ……さっ……ぁんっ……あぁっ！」

「どうして？　とても気持ちがよさそうだけれど……」

「……っ……どうして、も……こうして、も……っ……ン……ございま……せんっ……た、だ……快楽を得るために……こんなっ……こんな、ことをするなんて……」

「違うよ。快楽を得るためだけじゃない。愛しているから、深く繋がりたいと思うんだ。キミもそう思ってくれるようになったら、嬉しいよ」

愛している——の言葉に、ドキドキしてしまうのが悔しい。プレイボーイのヴィルヘルム様にとっては、ただの挨拶と同じかもしれないのに。

「今、中がギュゥッと締まったね。喜んでくれているのかな？」

「ちっ……違……っ……ぁんっ！　ひっ……あぁっ！」

奥にゴツゴツ当たるたびにそこだけでなく、頭の中までも痺れて、理性が砕けてなくなっていく。

「また、溢《あふ》れてきたね……聞こえる？　こうして突くたび、すごい音がするよ……」

「や……ぁっ……ぁんっ……あぁっ……もっ……動かないで……くださ……っ……ぁんっ……あぁっ……！」

なんとか拾い集めて元通りにしようとしても、突かれるたびに落ちて、さらに砕けてしまうのできりがない。

「あっ……あっ……んんっ……や……ヴィルヘルム……様……だめっ……ぁっ……あんっ！　はぅっ……ぁっ……あんっ……あぁぁっ！」

理性を元に戻すよりも先に、絶頂を迎える方が早かった。中が激しく収縮を繰り返し、ヴィルヘルム様の欲望を締め付ける。

「……っ……アリシア、また、達ってくれたんだね。嬉しいよ……ああ、こんなにも私のを情熱的に締め付けて……」

彼はそんな私の中を緩めるように欲望でくるりと掻《か》き混ぜながら、激しい抽挿を繰り返していく。

「や……っ……いやらしいこと、ばかり……言わないでくださ……っ……ぁっ……あぁっ……ひんっ……んぅっ……」

ただでさえ恥ずかしい声が止まらないのに、口を開くと余計に変な声が出てしまう。

「……っ……私も、そろそろ達きそうだ……」

余裕のない艶やかな表情で、切なげな声を出されると、ずっと見ていたい。もっと聞きたいとなぜか思う。

どうして、そう思うの……？

ヴィルヘルム様は激しい抽挿の後、達する直前に欲望を引き抜いて、私の下腹部に精を放った。

私の肌も熱いはずなのに、かけられた彼の欲望はもっと熱い。

「ああ、ドレスに垂れてしまうね。拭き取るから、ジッとしていて」

ハンカチで丁寧に拭ってくださったので、これで終わりなのだと思っていたら、割れ目の間に欲望を擦り付けられた。

「えっ？　あっ……や……んんっ……ど、どうし……て……」

「ん？　どうしたの？」

あっという間に元の硬さに戻った欲望を再び戸惑う中に入れられ、全身の産毛がブワリと逆立つ。

「媚薬……飲んでいないのに……どうして、また……」

「ああ、私は媚薬があろうと、なかろうと、一度した後にまたできるんだよ。もう、あれで終わりだと思ってがっかりした？　安心して。まだまだできるから」

「ちっ……違います。私は……きゃっ……あっ……あぁっ！」

否定している途中で抽挿を繰り返されたせいで、何も言えなくなってしまう。

ヴィルヘルム様は二度、三度私を求めた後、ぐったりする私にしっかりと服を着せた上で、食べかけのケーキを完食した。

恋人でも、夫でもない方と一夜どころか、また身体を重ねてしまうなんて、とんでもないことをしてしまった。

私は自己嫌悪に襲われているのに、ヴィルヘルム様は全くそんな様子はなかった。

ついでに言うと、私はこんなに疲れているのに、私とは比べものにならないほど動いたはずの彼は、全く疲れていらっしゃらないみたい。

やはり慣れているから――なのかしら。

そう考えると、胸の中がモヤモヤする。

少し休んでから自室に帰ろうとしたのに、体力の限界が来た私はそのまま眠ってしまって、ヴィルヘルム様が送ってくださったようだった。

なぜ、送ってくださったことがわかったのかと言えば、目覚めた時にヴィルヘルム様が私の隣で眠っていたからだ。

もう、絶対にヴィルヘルム様と身体を重ねない！　絶対に！

自己嫌悪に襲われた私は、改めて強く決意するのだった。

◆◇◆

『快楽を得るためだけじゃない。愛しているから、深く繋がりたいと思うんだ。キミもそう思ってくれるようになったら、嬉しいよ』

ジャムにするためのブルーベリーに、虫食いや痛みがないか確かめていたら、手を滑らせていくつか床に落としたことでハッと我に返る。

「あっ」

私、また……。

ここのところ――いいえ、もっと前から、一人になると、ヴィルヘルム様との会話や表情を繰り返し思い出していた。
元々存在感がとてもあるお方だし、あんなことがあったせいで余計に考えてしまうに違いないわ。

『アリシア、初めて会った時から、キミを愛している』


本気にしては、駄目……ヴィルヘルム様はプレイボーイだもの。あんなこと挨拶代わりに言えるに違いないわ。

「……と、いけない」

新鮮なブルーベリーだけを鍋に入れようとしたところで、出来上がったジャムを入れる空き瓶がないことに今さら気が付いた。

もう、ぼんやりしているせいだわ。

もうかなり深い時間だけれど、一階の厨房《ちゅうぼう》に誰かいるかしら？

城内の全ての食事を賄う一階の厨房には、食材から器具までなんでも揃っている。試しに訪ねてみると数名残っていて、快く瓶を分けてくださった。

それにしても、本当に広いわ……。

厨房から自室のある三階までの往復で、二十分以上かかってしまった。

なんだか疲れてしまったし、ドリスを先に休ませるために早い時間に入浴を済ませたこともあって、眠くなってきた。

明日にしようかしら……。

政務室の扉が見えると、心臓がトクンと跳ねた。

もう、何を意識しているの？　さすがにこの時間では、もうお休みになっているわ。

ヴィルヘルム様が居ない状態でも意識しているのが悔しくて、足早に去ろうとしたら、中から物音が聞こえた。

「えっ」

まさか、まだ、起きていらっしゃるの？

思わずノックすると、ヴィルヘルム様の声が返ってくる。

「失礼致します。ヴィルヘルム様、まだご政務を？」

「ああ、そうなんだ。眠くなるまで片付けようと思ったんだけれど、そこまでの眠気がこなくてね」

そう仰るヴィルヘルム様の目は、トロンとしていて眠そうだった。

「私には眠そうに見えるのですが……」

「うん、少しは眠いんだけど、もう駄目だ。目が開けていられない。座っていられないってほどではなくてね」

ヴィルヘルム様の眠気は、気絶寸前のことを指すらしい。

「アリシアは？　瓶を持って、何をしているのかな？」

「ブルーベリーのジャムを作ろうと思いまして、厨房から瓶を分けて頂いたんです」

「ああ、アリシアのジャムは絶品だからね。ブルーベリーはまだ食べたことがないから、とても楽しみだよ」

もう、休もうかと思っていたけれど、そう言われたら頑張りたくなってしまう。

「ええ、出来上がったら、ぜひ召し上がってください。それよりもヴィルヘルム様、こんなご無理を続けていては、いつか倒れてしまいます。もう、お休みください」

「特に無理はしていないよ？　むしろ私のような凡人は、もっと頑張らねばね……」

その言葉に、胸が痛くなった。

ヴィルヘルム様は、虐待とも言えるような育てられ方のせいなのか、自己評価がとても低いみたい。

実際、ヴィルヘルム様は凡人ではない。

城の使用人たち、そして身分を隠して食材を買い求めた先での国民の声で、彼は歴代の王の中で一番に優れているという評判をよく聞く。

慈善活動、子供が満足な教育を受けられるように学校や、病に苦しむ人たちを救うために新薬の研究施設を建設し、城内で使用する税金は極力節制し、浮かせた予算をそれらに惜しみなく注いでいる。

彼が王位に就いてから間もないが、既に結果が出始めているそうで、難病に効く新薬の開発に成功し、実用化を急いでいると聞いた。

こんなにも頑張って、結果も出していらっしゃるというのに、ご自身で認められないなんて……。

ヴィルヘルム様を抱きしめたい衝動に駆られた。

瓶を持っていなければ、きっと行動に移していたに違いない。

「そんなことございません。ヴィルヘルム様は、とても素晴らしいお方です。そんなことを仰らずに、少しはお休みください。休んで体力を付けなければ、そのうちお身体を壊して、頑張りたくても、頑張れなくなってしまいます。そんなことになったら、悲しいです」

ああ、この扉を開けなければよかった。

まさか、こんな時に、自分の気持ちを知るなんて思わなかった。

胸の中に散らばっていた名前の付いていない気持ちが、あえて気付かないふりをしていた思いが集まって、無視できない一つの大きな光となった。

好き——。

私は、誰よりも努力家で優しいのに自分を認められない、自分に優しくできないこの不器用な方に、恋をしている。

初めて会った時から、本能的に惹《ひ》かれていた。

ヴィルヘルム様と話し、彼を知るたびにその気持ちは、なかったということにはできないほどに大きくなって、今こうして私の胸のほとんどを占めている。

だから、ヴィルヘルム様から愛していると言われて、嬉しかった。

たとえ彼にとっては、挨拶代わりにでも言える言葉であっても……。

だから、触れられても、身体を重ね合っても、自己嫌悪を感じることはあっても、嫌悪感を覚えることはなかった。

「アリシアは、相変わらず優しいね」

「優しくなどございません。事実を申し上げただけです」

ヴィルヘルム様は椅子から立ち上がると、私の前までやってきて頬に指を伸ばしてきた。

「……っ」

いつもならすぐに離れようとするのに、自分の心に気付いた途端離れられない。

「かしこいのに、自分が優しいことに気付いていないところ、好きだよ」

「……ご冗談は、ほどほどになさってください」

「冗談なんかじゃないって、わかってるくせに。意地悪な人だな」

どちらが意地悪なのかしら……。

「アリシアが一緒に眠ってくれるのなら、休もうかな」

「なっ……何を仰って……」

「駄目？」

断れば、きっと今まで通りご無理をなさる……のよね？

このままだと、本当に倒れてしまうかもしれないわ。

「……わかりました」

目の前の整ったお顔が、あまりにも艶やかな笑みを浮かべるものだから、ただでさえ気恥ずかしくて直視できない。

顔を逸らすと腰を腰寄せられて、耳元で意味深に囁かれた。

「本当に？」

低さの中に甘さを含んだ声が、鼓膜を通り抜け、頭の中を振動させる。理性まで揺さぶられたみたいだった。

「……っ……ただし、ちゃんとお休みなさってくださるなら……です。変なことは、しないでください……」

「ああ、わかったよ。変なことは、しない」

「約束ですよ？」

「約束する」

その言葉になんだか引っ掛かりを覚えながらも、約束を言葉にしてもらって安堵した私は、ヴィルヘルム様と共に眠ることにした。

ヴィルヘルム様のお部屋で……と誘われたけれど、朝方に部屋へ戻る姿を誰かに見られては、大変なことになってしまう。

一方ヴィルヘルム様なら、私の部屋から出ていく姿を見られたとしても、食事をしてきたと誤魔化せるはず。

一緒に入浴したいと言われたけれど、もちろんお断りした。

自室でそれぞれ入浴を済ませることを約束し、寝室へ向かうと既に入浴を終えたヴィルヘルム様が横になっていた。

「やあ、お帰り」

「お、お待たせしました。先にお休みになってくださっていてよろしかったのに」

「そんな勿体ないことできないよ。さあ、おいで」

入浴後のヴィルヘルム様は色気が増していて、さっきまでの眠気がどこかへ吹き飛んでしまった。

意識したくなかったから、さっさと寝てしまいたかったのに……。

ヴィルヘルム様は私が入りやすいように、ブランケットをめくってくださった。

「ありがとうございます」

「あれ、ガウンを着たまま寝るのかい？」

「ええ」

「寝心地が悪そうだけど」

「大丈夫です。普段からなので、お気になさらず」

なんていうのは、嘘……いつもはガウンなんて羽織らない。

ナイトドレスは、布地が薄い。もちろん下には素肌で、コルセットやパニエも身に付けていない。

肌が透けていたら？　身体のラインが見えたら？　と気になり、落ち着いて眠れないので、着たままベッドに入ったのだ。

「そうなんだ。私は何か身に付けていると、身体が締め付けられているような感じがして、眠れなくてね」

何か身に付けていると……?

ヴィルヘルム様がシャツのボタンを外し始めたので、慌てて背を向けた。

「えっ……!? なっ……なぜ、脱がれるのですか!?」

「ん? だから、何かを身に付けていると……」

「こ、ここでは、我慢してくださいっ! 目のやり場に困ります!」

背を向けて見ないようにしていたら、後ろから抱き寄せられた。手が伸びてきて、ガウンの紐を解かれてしまう。

「あっ……な、何を……」

「アリシアも裸になってしまえば、気にならないだろう? 裸で眠るのは、開放的で心地がいいよ」

「余計気になりますっ! お、おやめくださいっ! 変なことはしないお約束で……」

「そうだね。変なことはしないと約束した」

「でしたら……」

「でも、これは、変なことではないだろう? ただ、寝やすい恰好《かっこう》を勧めているだけだ」

顔は見えなくても、余裕に満ちた笑みを浮かべていることがわかる。

抵抗も空しく私は全てを脱がされてしまった。しかも着直せないように、全て遠くに放り投げられてしまう徹底具合……。

「ほら、心地いいだろう？」

後ろから抱きしめられ、ヴィルヘルム様の温もりや肌の感触が伝わってきて、気が気じゃない。

「……っ……恥ずかしいだけです……」

「私はすごく心地いいよ。こうしてキミを抱いて寝たら、それはそれは素晴らしい夢が見られそうだ」

ヴィルヘルム様は私を組み敷くと、首筋や鎖骨をチュッと吸い上げ、大きな手で胸を揉み抱き始めた。

「ぁっ……や……っ……い、いけません……変なこと……をしては……」

「変なことではないよ。愛する人の肌に触れるとても大切なことだ」

しまった。『変なことはしない』なんて、抽象的な言葉過ぎたわ。

いいえ、ヴィルヘルム様のような頭が切れる方相手には、はっきりとした言葉を提示したとしても抜け道を見つけ出されて、結局はこの流れに持っていかれたのかもしれない。

「て、訂正させてください。こうして肌に触れることを……ぁっ」

「訂正は聞かない」

「そんな……ヴィルヘルム様、だめ……待ってくださ……あっ……」

主張を始めた尖りを撫でられ、指や唇で刺激されると、抗議の声は淫らな声に変ってしまう。

早く休んでもらおうと思ったのに、結局ヴィルヘルム様のペースに持っていかれてしまい、
眠りに就いたのは空が明るくなってからだった。

第四章　硬い信頼

本日はリビアンの建国記念日——城下ではたくさんの出店が並び、城では自国の貴族や諸外国の王族を招いての舞踏会が行われる。

ホールは煌《きら》びやかな衣装に身を包んだ人々がワルツを踊り、ヴィルヘルム様にお祝いの言葉やプレゼントを贈っていた。

そしてホールの中には、ビダル様とカリナの姿もある。

婚約時点では、こういった外交の場には出ないのが我が国の通例だ。でも、ここにカリナの姿があるということは、いつものように我儘を押し通したのだろう。

カリナはビダル様に付いて回りながらも、視線はヴィルヘルム様を追いかけている。ビダル様もそのことが気になるのか、カリナによく話しかけている様子だ。

私はヴィルヘルム様に招待されているからこの場にいるわけなのだけれど、招待して頂いただけでなく、ドレスや装飾品まで頂いてしまった。

プリンセスラインの爽やかな青のドレスは、レースの袖が金魚の尾ひれのように広がっているのが印象的だ。

ドリスが結ってくれた髪には白薔薇の髪飾り、そして雫《しずく》型のダイヤが耳を飾っている。

舞踏会で着るドレスは踊った時の美しさまで計算して作るもので、このドレスもきっと目を引くように美しく広がることだろう。

自分では見られないのが残念だわ。誰かに着てもらって、踊っている姿を見たいと思うくらい美しい。

「ああ、アリシア、とても美しいよ。よく似合ってる」

そして私を見つけてすぐにこちらへ歩いてきてくださった、ヴィルヘルム様の姿を近くで見て驚いた。

白と青を基調としたスーツで、カフスボタンはダイヤが使われている。

色合い的に私とお揃いに見える上に、クラヴァットを飾るブローチはバイオレットサファイア……自意識過剰かもしれないけれど、私の瞳の色だ。

「わざわざご用意していただいて……ありがとうございます。とても気に入りました」

「ああ、当然だよ。アリシアは私のとても大切な女性だからね。ところで、私の衣装を見て、何か気が付かないかな？」

「とても素晴らしいです……というのと、私のドレスと、その、デザインが……」

自意識過剰だと思われるかもしれない。それはとても恥ずかしい。でも、気になって仕方がなかった。

恐る恐る指摘すると、ヴィルヘルム様のお顔がパッと明るくなる。

「そうなんだ。アリシアとお揃いで作ったんだよ。このブローチもキミの瞳の色と同じ物を探して作らせたんだ」

自意識過剰じゃ、なかった……。

「……っ……どうして、そんな……」

顔が熱い。嬉しくて、顔がにやけそうになるのを必死で堪える。

「もちろん、アリシアが私の特別な女性だと周りにアピールするためさ。ほら、みんなこちらを見ているよ。アリシアのように素晴らしい女性と一緒にいる私が、羨ましいのだろうね。いい気分だ」

逆だと思うわ……。

ヴィルヘルム様と一緒に寝ることを了承して以来、彼は毎夜私の部屋を訪ねてきて、身体を重ねていた。

あれだけ婚前交渉なんてとんでもないことだと思っていたのに、ヴィルヘルム様への恋心が自分の中の常識を塗り潰し、口では文句を言っても、身体は喜んで彼を受け入れている。

今は何のきまぐれなのか私を構ってくださるけれど、プレイボーイのヴィルヘルム様が、ずっと私を見ていてくださるなんて、きっとありえない。

でも、どんな形でもいいから、お傍に居たい――そう思うようになっていた。

まさか私が、恋に溺れる日が来るなんて……。

「次の曲が始まる……アリシア、私と踊ってくれるかい？」

「ええ、もちろんです」

ダンスは特に苦手ではない。でも、楽しいと思ったことも一度もなかった。

でも、ヴィルヘルム様とこうして踊っていると、初めて楽しいという感情が湧きあがってくる。

それは私がきっと、ヴィルヘルム様に恋をしているせいだ。

「アリシア、素敵だよ。踊るキミはまるで妖精のようだ」

「お、お世辞は結構です……」

「本心さ。私の考えていることが、キミに直接伝わってくれたらいいのに……」

あちこちから視線を感じる。

きっとヴィルヘルム様に見惚れているのね。無理もないわ。だって、こんなにも素敵な方な

のだもの。

油断すると見惚れて、ステップを踏めなくなってしまいそうなほどだ。

「アリシア、今夜は駄目だと言われたが、やはりキミの部屋へ行きたいな」

誰にも聞こえないように、ヴィルヘルム様は耳元でそっと囁いてきた。内容が聞こえないにしても、これでは親密な関係に見えてしまう。

ここには様々な国の王族が集まっている。親密な様子を見せれば、あらぬ噂《うわさ》を立てられるかもしれない。

国王という立場なのに、いいのだろうか。私が気にしているのとは対照的に、ヴィルヘルム様は全く気にする様子を見せなかった。

「……っ……明日は、早いのでいけません」

「何もしないと約束するから」

「ヴィルヘルム様は、その類のお約束を守ってくださったことはないではないですか」

「おや、そうだったかな？」

「誤魔化されませんよ」

舞踏会の翌日、ほとんどの方が国へ帰ることになっているのだけれど、中には翌日も滞在する方がいらっしゃるそうだ。なので天気がよければ庭で、悪ければ城内のサロンで、お茶会を行うことになっている。

私はそのお茶会に参加するのと同時に、「アリシアの美味しいお菓子を皆に自慢したいから」と、手作りのお菓子をお出しすることをヴィルヘルム様から頼まれていた。

とても嬉しいお話だった。

チャロアイトにいた頃は、素性を隠してこっそり自分の作った料理を教会に寄付して、身を隠しながら反応を見ていた。

でも、ここでは隠れずに料理ができる上に、目の前で召し上がって頂けて、堂々と感想を聞けるだなんて夢みたい。

その役目を与えてくださったヴィルヘルム様の期待に応えるためにも、今までで一番素晴らしいお菓子を作らなくてはならないと意気込んでいるのだ。

一曲踊り終えた私たちは、端の方で休憩を取ることにした。たった一曲とはいえ、重いドレスを身にまとって踊るのは相当の体力が必要だ。

「ヴィルヘルム様、お食事は召し上がれなくても、水分はとってくださいね」

「口移しでないと、飲みたくないな」

「また、そんなことを仰って……」

ワインで喉を潤わせていると、ビダル様とカリナがこちらに歩いてくるのが見えた。ヴィルヘルム様に、祝いの言葉をお伝えようとしているのだろう。

でも、ビダル様の硬い表情やカリナの強気な笑みに、嫌な予感を覚える。

何……？

「ヴィルヘルム様、ご招待ありがとうございます。父の名代で参りました。ご建国三百周年、誠におめでとうございます」

ビダル様のお父様である現国王は、高齢で体調を崩しがちなので、国外の行事はビダル様が代理を務めている。

「やあ、来てくださってありがとうございます。本日は楽しんでください」

ヴィルヘルム様はにこやかに微笑み、ビダル様と握手を交わす。

「ヴィルヘルム様、お久しぶりです。あの、お身体は大丈夫ですか？」

カリナは先ほどの強気な笑みとは打って変わって、とても不安そうな表情でヴィルヘルム様を見上げる。

「ああ、特に問題はないけれど、どうかしたのかな？」

「よかったぁ……お姉様、このパーティが終わったら、私たちと一緒に、チャロアイトへ帰りましょう」

「……何を言っているの？」

「ヴィルヘルム様にご被害を出しては大変でしょう？　だから、その前に」

「なんのこと？」

「とぼけないで。教会でお姉様が作った料理を食べた人たちが、どんなことになっているのかわかっているの？」

作ったものを教会に寄付していたことは、ドリスと、協力してくれたタッペル男爵家の者しか知らない。恐らくカリナが手を回して、タッペル男爵家の使用人の口を割らせたに違いない。

「食中毒が起きたそうよ」

「えっ⁉」

「素人が趣味の延長線上でシェフの真似をするからよ。自分の欲求を満たすために人を苦しめるなんて最低だわ！」

「そんなことはありえないわ。寄付した後は最後まで必ず見ていたし、その後は教会の方に話を伺っていたけれど、そんな話は一度も聞いたことがないもの」

「嘘よ。うちの名前を使って、握り潰したのでしょう？　実際に苦しんでいる人がいるのよ。証言してもいいと言ってくれているわ」

食中毒には十分注意を払ってきたし、寄付後の確認はしっかりしてきたけれど、そんな話は本当に一度もない。

証言を強調しているということは、カリナがお金を握らせて雇った……と考えた方がいいわね。

「ヴィルヘルム様、お姉様の腕はしょせん素人……今は大丈夫でも、今後どうなるかわかりません。両親とも話し合って、お姉様は国に帰ってきてもらおうということになりました」

「カリナ！　あなた、また……！」

「大丈夫、苦しんでいる方々はお姉様を許してくださると言っていたわ。辛かったけれど、お腹が空いていた時に料理が食べられて助かりましたと感謝していたもの」

「だから、そんな話はありえないと……」

「お姉様、これはお姉様だけの問題ではないの。ヴィルヘルム様に何かあれば、国際問題よ。これは次期王妃として見過ごせません」

まさかここで、次期王妃の盾を使ってくるとは思わなかった。

「安心して。お姉様にはいいお話があるの。ね、ビダル様？」

「あ、ああ」

ビダル様は苦笑いを浮かべている。嫌な予感がするわ。とてもいい話とは思えない。

「ビダル様の叔父様が、お姉様を妻に……と仰ってくださったの。お父様とお母様もとても喜んでいらっしゃったわ」

「ああ、アーネル公爵だよ。五年前に奥方を亡くされて、ようやくまた前を向く気になれたみたいでね。キミのような人が傍に居てくれたら、僕も安心だよ」

アーネル公爵は、今年で六十歳になるのよ？　どこがいい話なの？

確かに、歳の差で結婚する貴族の娘は少なくない。

家を大きくできる。お金を援助してもらえる──そういった理由でいい話と言うことはあっても、アーネル公爵家とフォッシェル公爵家は、ほぼ同等の家柄だ。年齢的なこともあって、これはちっともいい話ではないわ。

また、私、人生を弄ばれるの？

次期王妃の座を奪われ、今度はお父様よりも年上の方の後妻に？

冗談じゃないわ！　何か言わないと……でも、また誰にも信じてもらえなかったら？

怖くなって、一瞬言葉が詰まる。するとヴィルヘルム様がクスッと笑うのが聞こえた。

「カリナ、キミはアリシアを追い詰める時、とても目が輝いているね。生きがいを感じているのかな？」

ヴィルヘルム様は柔らかく尋ねているけれど、心からは笑っていない。ピリリとした鋭い空気をまとっていた。

「……っ……な……何を仰いますの？　私は、そんな……」

「キミのような人間を今までたくさん見てきた。キミの演技に心から同情し、騙されてしまう人間はたくさんいるだろう。でも、キミの演技が通じない。騙されない人間も確かにいるんだよ。例えば……この私とかね」

突き刺すような侮蔑の視線を向けられたカリナの顔からは、見る見るうちに血の気が引いていく。

「違……私、演技なんか……」

「アリシアが食中毒なんて起こすわけがないよ。もし起きてしまったとしたら、彼女の調理に問題があったのではなく、教会に持って行った後の管理が悪かったのではないかな？　もしくは、アリシアに嫌な思いをさせたいキミの差し金？」

また、信じてくださった……。

普通の人なら証人を連れてくると言うカリナを信じて当然だ。それなのにヴィルヘルム様は、私を信じてくださっている。

とても嬉しくて、涙が出そうになる。

世界中の人間に蔑まれても、ヴィルヘルム様だけに信じてもらえたらそれでいい。そう思える。

「ち、違います！　私はヴィルヘルム様のことを心配して……酷いわ。どうしてそんな酷いことを仰るの？」

カリナは大粒の涙を流し、両手で顔を覆った。

ああ、また……。

この涙に騙されなかった者はいない。

今すぐこの場を立ち去りたくなった。ヴィルヘルム様がカリナに騙される姿なんて見たくない。

でも、ヴィルヘルム様はカリナの涙を見ても、まるで動揺を見せない。むしろどんどん冷たい目になっていく。

「心配してくれてありがとう」

「ヴィルヘルム様……っ！」

カリナが顔を上げて笑顔を見せると、ヴィルヘルム様は大きなため息を吐いた。

「でも、とても迷惑なんだ。その心配は、キミに心配してもらって嬉しい人間に向けてあげるといい」

「え……」

カリナが目を丸くすると同時に、私も同じ表情になる。

カリナの泣き落としが利かない人がいるなんて……。

ビダル様は二人のやり取りに圧倒され、次期国王でありながら口をパクパク空回りさせるだけで、何も言えずにいた。

「で、ですが、これは我が国の問題で……そう！　我が国の問題なのですもの。申し訳ございませんが、ヴィルヘルム様には静観していただけたら……と」

「なるほど、では、アリシアがチャロアイトの人間でなくなればいい」

「え？　何を仰って……」

「ちょうど私は、愛するアリシアに、妃になってほしいと口説いて苦戦しているところなのだよ。了承してくれれば、彼女はリビアン国王妃だ。私も堂々と口を出せるね」

カリナは声を詰まらせ、ワナワナと震え出す。私は驚きのあまり、言葉を出せない。

二人きりの時に「愛している」と言われることはあったけれど、まさか人前でまで言うとは思わなかった。

「お姉様、留学だなんて言って、やっぱり……」

「おや、どうしたのかな？」

「……っ……なんでもございません！　ですが、お姉様には、アーネル公爵とのご縁談がございます！」

「そんなものは関係ない。ビダル王子、そちらがそのおつもりでしたら、リビアンにも考えがございますが……」

わざと国名を強調したように聞こえた。

何も言えずにいたビダル様が、ビクッと肩を震わせる。

「滅相もございません！　我が国がリビアンを敵に回すなど、そんな……そんな……！」

「そうですか。それはよかった。では、私がアリシアを口説き落とすまで、どうか温かい目で見守ってください。さあ、アリシア、もう一曲踊ってくれるかな？」

「え、ええ……」

ヴィルヘルム様は私の手を取ると、とても自然に二人の前から去り、ホールの中心へ向かった。

今の出来事で頭がいっぱいで、ダンスに集中できない。油断したら、ヴィルヘルム様の足を踏んでしまいそうだ。

「ところで先ほどの話なんだけど……」

「……っ！　はい……」

今のことをお話しするつもりなのだろう。

大丈夫。音楽がかかっているから、周りには聞こえないはず。

「やっぱり、今夜もキミの部屋に行きたいな。キミと一度一緒に眠ったら、もう一人で眠るなんて無理だ」

「さっきのって、そちらのお話ですか？」

「え？　そちらって？」

てっきり、今のことを話すと思っていたから、拍子抜けしてしまう。

「……なんでもございません。どうぞいらしてください。私もお話ししたいことがございます」

私の答えを聞いて、ヴィルヘルム様は満足そうに微笑んだ。

◆◇◆

舞踏会を終え、私はヴィルヘルム様と共に自室へ戻った。

部屋ではドリスが、入浴と着替えのために待っていてくれた。

ヴィルヘルム様とすぐにお話がしたかったので、申し訳ない気持ちでいっぱいだけれど、下がってもらう。

私の一番傍に居てくれる彼女は、私とヴィルヘルム様の仲がどうなっているのか勘付いてはいるみたい。

でも、それに対して何か口を挟むようなことはしない。そっと遠くから見守ってくれているのを感じる。それがとてもありがたい。

だって、聞かれて答えられるような仲ではないのだもの。言葉に出したら、心が壊れてしまいそう。だから黙っていてくれるのが嬉しい。

ドリスは「かしこまりました」と笑みを浮かべ、すぐに部屋を出て行った。

こういった服装は重いし、とても疲れる。

本来なら着替えて入浴し、少し休んでから……というところで話すべきなのだろうけれど、もう、待ちきれない。

「あの、先ほどのカリナが言っていた食中毒の件、私を信じてくださって、ありがとうございます。先に妹の性格をお伝えしていたとはいえ、妹の涙を見たら、もしかして……と思っていました」

まだソファに腰を下ろしてもいない状態で、話を切り出してしまう。

「そんなことはありえないよ。私を疑うなんて酷いな」

不服を口にするのに、ヴィルヘルム様は穏やかな笑みを浮かべて、私の髪を手に巻き付けて遊ぶ。

「申し訳ございません。今までの経験で、つい……」

「それに私がアリシアを信じているのは、キミの妹の人間性を事前に知っていたからではないよ」

「あんなに取り繕うのが上手なのに……ですか？」

「いや、上手……ではないだろうね。あれで見抜けないのが不思議なくらいだ。演技をするのなら、近くに居る時だけではなくて、遠くから作るべきだ」

「遠くから？」

「ああ、遠くからキミを見る時の彼女の目は、ギラギラしていて異常だ。事情を知らない人間でも、嫌っている、何らかの理由で固執しているとわかるぐらいにね」

　カリナに見られていただなんて、気が付かなかった……。

「それに近付いてきた時に演技をしていても、表情、目の輝き、声音、全てがバラバラなんだ。泣いていても、キミを追い詰める興奮で頬は紅潮し、口角もやや上がっていた。声の使い方だけは上手だったかな。きっと嘘を吐きなれているせいだろうね」

「すごいです。そこまで見抜いていらっしゃるなんて……」

「私が特別なわけではないよ。ビダル王子のようにあの子を慕う者もいれば、離れていく者もいたのではないかな？」

　確かに、カリナは取り巻きがいるわけでもなければ、親しい友人もいない。そういった間柄の者がいても、短期間で離れてまた一人に戻っている。

「え、ええ……その通りです」

「騙される者もいれば、私のように気付く者もいるということだ。何も特別なことではない。騙されても途中で気が付くということもあるだろうね。嘘を吐き続けていると、どれが本当かわからなくなって、気が付くと綻びが出ているものさ」

　ずっと嫌な思いをさせられてきて、カリナがとても大きくて、恐ろしい存在に感じていた。でも、ヴィルヘルム様のお話を聞いて、今では彼女がとても小さく感じる。

「アーネル公爵の件もありがとうございます。まさか、今さら結婚の話を持ち出されるとは思っていませんでした。ビダル様の元婚約者である私を貰いたい方なんていないと、安心していましたから……でも、ヴィルヘルム様のおかげで、少しの間は結婚から逃れられそうです」

「ああ、他の男にアリシアを奪われるなんて冗談ではないよ。あまりに腹が立ちすぎて、この怒りをどうすればいいかと思ったけれど、キミの可愛い顔を見ていたら治まった」

　頬をなぞられ、心臓が跳ね上がる。

　こんなことをされたら、本当に私のことを想ってくれているのではないかと勘違いしてしまう。

「……っ……でも、あの発言は、まずいと思います」

「あの発言って？」

「私を……その、妃に……と。二人きりの時なら、私はヴィルヘルム様がプレイボーイだと存じ上げていますから、ただの挨拶代わりのご冗談だとわかります。ですが、ビダル様とカリナは本気だと取ってしまいますし、そのせいで問題になったら……」

「挨拶代わりの冗談だなんて、心外だな。私は本気だよ。というか、ずっと冗談だと思われていたのかな？　悲しいよ」

「ですから、そういったご冗談は……」

「この前も言ったけれど、確かに女性関係が激しい時期もあった。……私は今まで、人を愛するということがわからなかったんだ。でも、いつかは妃を持たなくてはならない。このままでは、相手を不幸にすると思っていた。両親という実例があったしね」

　ヴィルヘルム様は苦笑いを浮かべる。

「女性と経験を重ねれば、人を愛するという気持ちがわかるかと思っていたんだけれど……駄目だった。でも、そんな時にキミに出会って、まだ身体を重ねてもいないのに、わかったんだ。これが人を愛する気持ちだって。自分にはそういった感情がないんじゃないかって心配になったこともあったよ。でも、違ったんだ。出会っていないだけだった。だからもう、私は他の女性に目を向けない。必要がなくなったからだ」

ヴィルヘルム様が、本当に私を愛してくださっているなんて……。

驚いて何も言えずにいると、ヴィルヘルム様が私の前に跪く。そっと取った手にチュッとキスを落とすと、私の目を真っ直ぐに見つめた。

「アリシア、私は本気だよ。どうか私の妃になってほしい。キミが私を好きになってくれるまで、何年でも待つつもりだよ」

こんなことが、あるなんて……。

「でも、今回のように他の男に横取りされそうなことがあってはかなわない。キミの気持ちが私に向いてくれるまで、この指は予約させてもらうよ」

ヴィルヘルム様はポケットから小箱を取り出し、中からダイヤの指輪を取り出した。驚いている間に、左手の薬指にはめられる。

サイズはぴったりだ。いつの間に測っていたのだろう。

夢じゃないの……？　ヴィルヘルム様が、私を本当に？

目の奥が熱くなって、気が付くと涙が零れていた。

「アリシア？」

「……好きでなければ、いくら媚薬が効いていても、肌を許したりなどしません……ヴィルへルム様以外の方に迫られて、逃れられそうにないのでしたら、私は自ら命を絶っていたでしょう」

涙で歪んだ視界に、ヴィルヘルム様の驚いた表情が映る。

「それは……」

「自分の心に気付いては、傷付いてしまうからとずっと目を背けていましたが、どうしても駄目で……今は私のお傍に居てくださっても、近い将来他の方の所へ行ってしまうのだって、怖かった……」

「アリシア、私を好いていてくれたの？」

ヴィルヘルム様は私の両手を握って、少し緊張した様子で質問なさった。

「はい、お慕いしておりました……」

気持ちを口にすると、また涙が零れた。ヴィルヘルム様はすぐさま立ち上がると私を強く抱きしめ、すぐさま唇を重ねてくる。

「……んっ……ふ……んん……」

今までとは違う。気持ちをぶつけるような荒々しいキスだった。

「ああ、夢のようだ……アリシア……」

「私もです……ヴィルヘルム様……ん……ぅっ……」

ヴィルヘルム様の真似をして、絡められた舌を動かす。
ヌルヌル擦り付け合うと、ただ受け入れるよりもうんと気持ちがいい。彼と心が通じ合った
――というのも、関係しているのかもしれない。
「んっ……んぅっ……んんっ……んっ……」
キスに夢中になっていたら壁際まで追い詰められていて、そのことに気が付いたのは背中に
硬いものが当たってからだった。
「んっ……」
ヴィルヘルム様は手袋を脱ぎ捨てると、私の身体をしっとりとなぞった。
コルセットに厚い生地のドレスを着ているから、その上から触れられて感触は伝わってきて
も、熱は感じないはずだ。
でも、不思議とヴィルヘルム様の手の熱が、肌に伝わってきているような気がした。彼の熱
が移って、私の肌もあっという間に熱くなる。
「キミがキスに応えてくれるなんて、初めてだね」
「あっ……」
イヤリングの留め具ごと耳を舐められると、肌がゾクゾク粟立った。低くて甘い声が鼓膜を
通り抜けて脳を――そしてお腹の奥までも刺激される。

割れ目の間はもう既に潤んでいて、ショーツまでぐっしょり染みていた。

「……っ……だって、一時の淫らな関係の相手……に、されているのだろうとしか、思って……いませんでしたから……んっ……」

「酷いなぁ……でも、今はわかってくれてよかった。好きだよ。アリシア」

ヴィルヘルム様は首筋を吸いながら、ドレスの胸元を乱していった。

「あっ……ヴィルヘルム様、こ、こんなところで……ですか?」

「ああ、寝室まで待てないよ。アリシアは嫌だ?」

「……っ……ン……」

胸の先端をコルセット越しに爪でカリカリ引っかかれると、中でじわじわ尖っていくのがわかる。

このまま身を任せて、愛し合いたいと思う。でも、踊ってとても汗をかいたし、カリナと対面したから別の意味の汗もかいた。

「嫌ではないのですが、汗をかきましたし、先に入浴してからでないと……」

「これからまた、汗をかくよ。後で一緒に入ろう」

「でも……あっ」

こうしてお話している間もヴィルヘルム様の手は止まることなく動いていて、コルセットの紐を緩めていた。

　コルセットの端を指で引っ張られると、胸がこぼれた。

「い、いけません……」

「汗には、異性を興奮させる物質が含まれているそうだよ。確かにこうしてキミの甘い香りを嗅いでいると、とても興奮してくる」

　よりによって一番汗をかいている胸の間に顔を埋めて、鼻を鳴らす。あまりにも速い動きだったので、気付いたのは嗅がれた後だった。

「も……っ……嗅がないでください……っ！」

　諦めてもらえるように背を向けた。でも、ヴィルヘルム様は諦めない。後ろから私の胸を包み込んで、淫らな手付きで指を食い込ませる。

「んっ！　ヴィルヘルム様……いけません……やっ……ぁんっ！」

「後ろからしてみたい？　もちろんいいよ」

「ち……違います！　そういう意味ではなくて……ン……ぁっ……やんっ……も、揉まないでください……いっ……ぁんっ」

　揉まれるたびに先端がチリチリ尖っていくのがわかる。キュッと抓まれると、力が抜けて膝から崩れ落ちそうになった。

「じゃあ、どういう意味なのかな？」

「ですから……ぁっ……い、弄っては……だめ……あっ……ぁんっ！　や……だめ……っ」

指の間で転がされると、頭が真っ白になって何も言葉が思い浮かばない。

「相変わらず可愛い声だね。でも、今夜はもっと可愛い……」

壁に両手を付いて、なんとか身体を支えた。それでも油断したら、膝から崩れ落ちてしまいそうだ。

ドレスの中に手を入れられ、下着をずり下ろされた。それだけで身体が期待して、お腹の奥が一際切なく疼いた。

「……っ……ン」

長い指が割れ目の間を滑ると、クチュクチュ淫らな水音と共に、待ち望んでいた快感が訪れる。

「ああ、アリシア……こんなに濡らしてくれていたなんて嬉しいよ。それにとてもいい音がする……ほら、聞こえるだろう？　オーケストラの音色以上に美しく聞こえるよ」

大胆に指を動かすものだから、余計に大きな音になる。きっと、わざとやっているに違いない。

「や……わ、わざと音……たてないで……くださ……っ……あぁんっ！　んっ……ぁっ……はうっ……んんっ……」

「わざとなんかじゃないさ。たくさん濡れてくれているから、少し動かしただけでも音が出るんだよ」

触れられているそこが、とても熱い。何度も彼を受け入れた中は一際熱を持っていて、激しい収縮を繰り返していた。

「……っ……ン……あっ……あぁ……っ！」

足元に絶頂の予感を覚えて間もなく、私の頭の上まで一気に突き抜けていく。

とうとう膝から力が抜けて、崩れ落ちそうになった私をヴィルヘルム様がしっかりと支えてくださった。

「力が入らなくなった？　アリシアはいつでも媚薬を飲んでいるみたいに感じやすいね。触れていて楽しい」

「み、淫らな女みたいに……仰らないでください……」

「まさか。キミは清楚で可憐な女性だ。だからこそ、私だけが乱れた姿を見ることができるのが嬉しいし、興奮するんだよ」

衣擦れの音が聞こえる。

見えていなくても、わかるようになった。

これはヴィルヘルム様が欲望を取り出す音だ。その音を聞くだけで身体が期待して、お腹の奥で新たな蜜が生まれたのを感じる。

左足を持ち上げられ、膣口に硬い切っ先を宛がわれた。

「あっ……えっ？　嘘……こんな格好……で？」

「私が支えているから、心配しなくて大丈夫。挿《い》れるよ」

ゆっくりと腰を進められ、中が押し広げられていく。その感覚だけで、また軽く達してしまう。

「――……っ……ひ……ぁっ……あぁっ……！」

「……っ……中が、痙攣《けいれん》し始めたね。挿れてる途中で、達っちゃったのかな？　本当に敏感だね。気持ちよくなってくれて嬉しいよ」

ヴィルヘルム様は一気に奥まで入れると、激しい抽挿を繰り返し始めた。支えて頂いているとはいえ、不安定な体勢なものだから不安になる。

「あっ、あっ、あぁっ……んんっ……ぁっ……あんっ！　激し……っ……ンっ……やんっ……は……んんっ……ぁっ……あぁっ！」

でも、おかしい。こんなに不安定なのに、全体重を支えている右足よりも、ヴィルヘルム様を受け入れている中に全ての意識を持っていかれる。

そこに集中しているからこそより感じて、今達したばかりなのに、また足元から絶頂の予感がせり上がってきた。

繋ぎ目からは掻き出された蜜が垂れ、絨毯《じゅうたん》に淫らな染みを作っていく。激しい抽挿で持ち上げられている足の靴が脱げて、床に落ちて跳ね返った。

私の理性は靴よりもとっくに早く落ちて、粉々になっている。与えられる快感に溺れ、自分から出たとは信じたくないほどの淫らな声が止められない。

「アリシア……達きそうだ。受け止めてほしい……」

「んっ……は……はい……っ……ぁんっ！　あぁっ……んっ……ぁんっ！」

一度引き抜かれるのだと思って身構えるけれど、その様子は訪れない。

「キミの気持ちを無視して、妊娠させては……と思って、今までは外で出してきた……けど、想いが同じなら……キミの中に出したい……受け止めてほしいんだ」

後ろから切なげな声で囁かれ、私は息を乱しながら必死に頷く。

「ありがとう。アリシア……愛しているよ」

身体が浮き上がりそうになるほどの激しい抽挿を越え、最奥に押し当てられた雄は中で情熱の証を放った。

中が雄で満たされていくのと同時に、心も満たされていくのを感じる。

「……っ……ああ、すごい……中から、吸われているみたいだよ……アリシア、一度ではとても足りない……次はベッドで愛させてほしい」

明日はとても早い。先ほどまで今夜はすぐに休もうと思っていたけれど、今はそんな考えは消えた。

ヴィルヘルム様と、こうしていたい……。

そんな考えを見透かされていたのか、ヴィルヘルム様は頷くよりも早く私を抱き上げて、寝室へと足を進める。

「あの、まだ、お返事していませんよ？」

「ベッドの上で聞かせてもらうよ。その答えを受け入れられるかはわからないけれど」

悪戯を思い付いた子供のように笑うヴィルヘルム様につられて、つい私も笑ってしまう。

「いい返事だと期待しているよ」

彼の言葉に、私は頬を熱くして頷いた。

第五章　信じていなかった因果応報

舞踏会の翌日——私は昨日の疲労感を引きずっていた。

昨夜は結局、空が明るくなるまでお互いを求め合い、ほとんど眠ることができなかった。

その上ゲストに召し上がっていただくお菓子を朝から大量に作ったので、今横になることを許されていたなら、きっと三秒で夢の世界へ向かうことだろう。

でも、嫌な疲労感では決してない。身体は辛いけれど、心は幸福で満たされていた。

今日はとてもよい天気になってくれた。

庭で薔薇が一番綺麗に咲いている場所にテーブルを設置し、その上には見事に咲いた薔薇が飾られ、私の作った数種のお菓子と紅茶が並べられている。

「アリシア、どれもすごく美味しそうだよ。大変だっただろう？　お疲れ様」

「ありがとうございます」

「私も手伝ってあげられたらよかったんだけど……」

「お気になさらないでください。そのお気持ちが嬉しいです」

ヴィルヘルム様に褒めて頂き、皆様からもご好評頂けた。

「なんて美味しいのかしら。アリシア様はご器用でいらっしゃるのね」

「毎日でも頂きたいくらいだわ」

喜んで頂けてとても嬉しい。でも、手放しで喜べないのは——今朝帰国予定だったビダル様とカリナが同席していたからだった。

なぜ、予定変更したのかわからない。騒ぎを起こされるのではないかと落ち着かない。

「とても美味しいわ。こんなお菓子を作れるなんて、本当にすごい。アリシアお姉様は、私の自慢のお姉様よ。ね、ビダル様」

「ああ、アリシアにこんな才能があっただなんて驚いたよ」

カリナに貶《けな》されることはあっても、褒められたのは初めてだ。

ビダル様は本当に驚いている様子なので別として、カリナは何か騒ぎを起こす前触れとしか思えなくてハラハラする。

このまま何事もなく終わってほしい。

そう強く願っていたのに、私の願いは叶わなかった。

「きゃあ！　蜂……っ……毒蜂よ！　刺されたら、死んでしまうわ！」

カリナが席を立って騒ぎ出し、皆が悲鳴を上げて席を立つ。

「きゃあああ！　嫌ぁ！　どこ⁉　どこにいるの⁉」

「こっちにこないで！」

「皆様、落ち着いてください……！」

騒げば余計に蜂を興奮させて、刺される可能性が高くなってしまうと伝えても、混乱している皆様の耳には届かない。

それにしても、肝心の蜂の姿が見えないけれど、どこにいるのかしら。

ヴィルヘルム様が、お動きにならないのが気になった。真っ先に騒ぎを静めようとするはずなのに。

どうなさったのかしら。

ヴィルヘルム様の方に目を向けたその時、彼が動き出す。

何も仰らずに険しい顔をして向かった先は、なぜかテーブルの前に立つカリナの元だった。

騒いで一番先に逃げ出したはずなのに、なぜか戻ってきたようだ。

「そこまでだ」

「きゃっ⁉」

ヴィルヘルム様が掴んだカリナの手には、小瓶が握られていた。「皆様、ご安心を」という

彼の一声で、蜂で騒いでいた皆様の注目が二人に集まる。

「蜂などいません。どうかご安心ください」

カリナの手を掴んだまま、ヴィルヘルム様は柔らかく微笑む。落ち着かれた皆様は、今度は別の意味でざわめく。

「え？　あら、よかった……」

「でも、カリナ様はどうなさったの？　なぜお手を？」

注目を浴びるのは大好きなカリナだけど、さすがにこういった意味での注目を浴びるのは嫌なようだ。

「ヴィルヘルム様、何を……」

「それはこちらが聞きたいね。今、その小瓶で、お菓子に何を入れようとした？」

「わ、私は何も……」

小瓶……？

嫌な予感がして、指先が冷たくなる。

「では、その小瓶は？」

「それは……えっと……そうだわ。これはシロップです。甘みが足りないような気がして、垂らしてみようと思いましたの！　せっかくお姉様が一生懸命お作りになったお菓子ですもの。

表だっては言えなくて……」

　カリナを知りすぎている私には、嘘としか思えない。

　でも、周りには真実に聞こえているようで、彼女の行動を特に気にしている様子の方はいないようだ。ビダル様に至っては、城の中に逃げてしまったようでこの場に居なかった。

　そういえばビダル様は、虫が大の苦手だったわ。庭でお散歩するのも嫌だと仰っていたくらいだもの。

　でも、ヴィルヘルム様は、私と同様に納得した表情は見せていない。

「ああ、そういうことだったんだ」

　ヴィルヘルム様はカリナの手から小瓶を引き離すと、中身をまじまじと観察し、彼女に差し出す。

「では、その小瓶の中身を呑んでもらえるかな？」

「えっ」

「その中身がシロップなら、問題ないだろう？　ああ、甘すぎるということなら、一口だけでもいいよ」

「そ、れは……」

　カリナの顔色が見る見るうちに青くなり、ガタガタ震え出す。

「どうしたのかな？　ああ、自分で呑みたくないのなら、私が呑ませてあげてもいいよ」

ヴィルヘルム様がカリナに一歩近付いたその時、「ひっ！」と悲鳴を上げ、その場で気を失った。

ちょうどその時、いきなり強い雨が降り出したためにお茶会はそこで終了となり、気を失ったカリナはゲストルームへ運ばれた。

小瓶の中身が気になりながらも、ヴィルヘルム様のご指示で自室に戻り、少し濡れた服を着替えた。

すべてを片付け終えたら部屋に行くと仰ってくださったけれど、ただ待っているだけなんて落ち着かない。

取りあえず少しでも気持ちを落ち着かせるために紅茶を淹れてみた。でも、口を付ける気にすらならない。

考えるのは、カリナがヴィルヘルム様に取り押さえられた時のこと。

カリナのあの怯《おび》え方《かた》――もしかして、あの小瓶の中身は……。

ある考えに行きついて身震いをしていると、扉をノックする音が聞こえてビクッと肩を震わせた。

「アリシア、入るよ」

「ヴィルヘルム様！」

「せっかく素晴らしいお菓子を作ってくれたのに、お茶会を途中で台無しにしてしまってすまなかったね」

「いえ、仕方のないことです」

「作ってくれたお菓子は濡れないように運んで、皆の部屋に紅茶と一緒に届けたよ。とても喜んでくださった」

私の作ったお菓子を無駄にしたくないと思ってくれるヴィルヘルム様のお気持ちが嬉しくて、胸の中が温かくなる。

「ありがとうございます。よかったです。ところで、ヴィルヘルム様、あの……先ほどカリナが持っていた小瓶は、もしかして……」

「キミも勘付いていた？　そう、毒だよ」

やっぱり……。

「あの子は随分とキミに執着していたから、何かしらの動きを見せるんじゃないかと思ってね。人を使って動向を探っていたんだ」

「えっ！　そうだったんですか？　いつから……」

「キミにリビアンへ来てほしいと口説きに行った日からだよ。そうしたら、毒を取り寄せていたものだから警戒していたんだ」

あの後すぐに目覚めたカリナに、ヴィルヘルム様は再度小瓶の中身を呑むように言ったところ、犯行を自白したそうだ。

あの毒はそれほど強いものではなく、一滴くらいの摂取なら食中毒と同じような症状を起こす程度で済むらしい。

カリナが嘘を吐いているかもしれないので、ヴィルヘルム様の方でも調べた結果、本当だった。

蜂がいると騒ぎを起こした隙にお菓子に混ぜ、誰かが口にして症状が出れば、私が作るとやっぱり食中毒を起こすと言って、国へ連れ帰るつもりだったそうだ。

成功したことを考えたら、ゾッとする。

「ヴィルヘルム様、ありがとうございます……」

「私がキミを守るのは、当然のことだ。キミは私の大切な人で、家族なのだから」

ヴィルヘルム様のそのお言葉が、長年傷付いていた心を温かく包んでくれるようだった。

「アリシア、どうして泣くのかな？」

指摘されて、初めて気が付いた。

「ヴィルヘルム様のお言葉が、とても嬉しくて……私が知っている家族は、私を守ってくれるものではなくて、攻撃するのが当たり前でしたから」

「ああ、私の家族もだ。でも、私たちの家族がそうだったからと言って、私たちも同じようにしなくていい。私が欲しかったのは、守り、守られる。支え、支えてもらえる……そんな温かい家族だ。そしてそれは、アリシア……キミと一緒に作りたい」

「ヴィルヘルム様……」

「もう一度、改めて言うよ。アリシア、私の妻になってほしい。了承してくれるまで、求婚するつもりだけどね」

悪戯をした子供みたいに笑うヴィルヘルム様につられて、私もつい笑ってしまう。

「はい、昨日もお返事致しましたが、お願い致します。私をヴィルヘルム様の妻にしてください」

ヴィルヘルム様に抱き締められると、とても安心して、また涙が零れた。

ずっと、自分の居場所がなかった。

どこへ行っても落ち着かなくて、常に足元が崩れるのではないかと怖かった。

でも、ヴィルヘルム様の腕の中は、こんなにも心地が良くて、世界で一番安心できる場所だわ。

婚約破棄されてよかった。

あのままビダル様の妻になったとしても、私は彼と家族にはなれない。そんなことも望まれていないだろうけれど、ずっと居場所を見つけられないままだった。

「参ったな……これから政務室へ行って片付けなければいけないことがあるのに、アリシアが可愛くて行きたくない」

「それはとてもありがたいお言葉ですが、行かなくてはいけませんよ？」

「うーん……でも、もう少しだけ」

「……っ！」

ヴィルヘルム様の手が太腿に伸びてくるのがわかって、慌ててその手を掴む。

「お、お待ちください。それは、その、もう少し……では済まないのでは？」

「うん、まあ、そういうことになるかもしれないね。でも、アリシア、最近私は少し太ったと思わないかい？」

「え、そうでしょうか？　あまりお変わりがないような気がしますが」

「いや、太ったんだ。測ってはいないけど、きっと太った。これはアリシアの作ってくれる料理やお菓子が美味しくてのことだ」

「もう、ドリスみたいなことを仰って……でしたら、少しお控えに……」

「嫌だ。アリシアの料理を控えるなんて勿体ない。食事量は減らしたくないとすれば、痩せるにはどうするといい？」

「そうですね。運動……でしょうか」

「ああ、そうだね。それがいい。だから、アリシア、私の楽しい運動に付き合ってくれるね？」

いきなり体型の話になったと思ったら、そちらへ持っていくのが目的だったのね！

「もう！　ヴィルヘルム様……んんっ」

ヴィルヘルム様は、抗議の言葉ごと私の唇を奪った。与えられる甘い口付けに酔って、もう拒む気持ちにはなれなかった。

結局、ヴィルヘルム様が政務室へ向かわれたのは、何時間も後のことになるのだった。

エピローグ　大切な約束

ヴィルヘルム様と婚約を交わし、結婚式を終えてから──早いことに一年が経とうとしていた。

カリナはビダル様から婚約破棄を言い渡され、国境近くの修道院へと送られた。

別名『聖なる監獄』と呼ばれるこの修道院は、とても厳しいことで有名だ。

一年を通して厳しい寒さが続く環境下でありながら、火を使うことも、厚着をすることも許されない。その辛さも神が与えた試練だと思う方針なのだそう。

カリナは結婚することはおろか、一切の自由を捨て、そこで一生を送らなくてはならない。

我儘が当たり前だった彼女にとっては、死ぬほど辛い生活になるでしょうね。

他国の王族や貴族たちがいる中、毒を盛ろうとした罪は重く、本来なら王太子の婚約者であっても、公爵家の娘であっても、極刑になってておかしくない中の修道院行き──寛大すぎるほどの刑だわ。

それはヴィルヘルム様がビダル様に掛け合ってくださったおかげ。

私の妹だから寛大な措置を取ってほしいというのは、表向きの理由。本当は簡単に死なれたらすぐに終わってしまう。一生をかけて私にした意地悪を償ってほしい。生きている方が辛いだろうと仰っていた。

そして私はと言えば、相変わらずヴィルヘルム様の召し上がるお料理を作ったり、お菓子を作ったり、新しいレシピを考えたりしている。

一つ変わったことと言えば、私のお腹の中に新しい家族が宿ったということ。

安定期に入るまではつわりが酷くて、具合の悪い日が多く続いたけれど、今では気分がいい日の方が多い。

「アリシア様、お料理はお休みして、ゆっくりなさってください。お身体に障ります」

「ドリスったら、心配性ね。少しぐらい動かないと、それこそ身体に悪いわ」

「ですが……」

「あら？　牛乳が切れちゃったわ。厨房からわけてもらいに行か……」

「いけません！　私が行きますから、アリシア様はこちらでお待ちください！　いいですね!?

ヴィルヘルム様、アリシア様をお願い致します！」

ドリスが慌てて出ていく姿を見て、ヴィルヘルム様と二人で笑ってしまう。

「もう、心配性なんだから」

「とてもキミを大切に想ってくれている証拠さ」

「ふふ、そうですね。嬉しいです」

小麦粉の袋を持ち上げようとしたら、ヴィルヘルム様が代わりに持ってくださる。

「重い物を持っては駄目だよ」

ヴィルヘルム様も心配性だわ。

国王の第一子を宿していることもあって、みんな気遣ってくれるけれど、ヴィルヘルム様とドリスはそれ以上に気遣ってくれる。

今は小麦粉と牛乳だけど、この前なんて割と薄めの本すらも重いからと持ってくれようとしたくらい。

「大丈夫ですよ」

「駄目だ。これをどうすればいい？　教えて」

「でも、ヴィルヘルム様にそんなことをしていただくなんて……」

「二人で作った方が楽しいさ。……いや、お腹の中の子も入れて三人だね」

ヴィルヘルム様がそう仰ったその時、返事をするようにお腹の子が蹴ってきた。

「あ、今、蹴ってきました」

「えっ！　本当に？　返事をしてくれたのかい？　なんて愛おしいんだろう……早く会いたいよ。外に出てきたら、お父様がたくさん遊んであげるよ。絵本も読んであげるし、たくさん抱っこもしてあげよう。だから、安心して出ておいで」

とろけるような笑みを浮かべ、ヴィルヘルム様は私のお腹を優しく撫でてくれた。

こんな素晴らしい日が訪れるなんて、少し前までの私には全く想像できなかった。

毎日、そう思えることの幸せを噛《か》み締《し》め、私も自分のお腹をそっと撫でる。

お母様も早くあなたに会いたいわ。

外の世界には辛いことや悲しいこともあるけれど、それを吹き飛ばすほどに幸せなこともたくさん待っているの。だから、安心して……いいえ、楽しみにしていてね。

番外編　ヴィルヘルム・ヒルシュ

ああ、もうすぐ食事の時間か——食事の香りがきつい。

「ヴィルヘルム様、どうなさいました？　ご気分が？」

厨房のある階を歩いていた私が、急に口元を押さえたものだから、ちょうど出くわした使用人に心配をかけてしまう。

「いや、なんでもない。気にしないでくれ」

「一応医師に診て頂いた方が……」

「本当に大丈夫なんだ」

私、ヴィルヘルム・ヒルシュは、物心が付いた頃から、食事の香りを嗅ぐと嫌悪感を覚えるようになった。

理由は一つ、父が影響している。

「ヴィルヘルム、今日は歴史の授業で、小テストを行ったと聞いている。報告しなさい」

私の報告など聞かずとも、既に教師から報告を聞いて、知っているくせに……。

私の父、アルバン・ヒルシュは、リビアン国王という肩書きがあるだけに多忙な人間だ。

しかし、どんなに時間がない時でも、家族で朝と夜の食事の席を共にすることを大切にしていた。

大切……と言えば、聞こえがいい。多くの者が、家族愛に満ちた良き父、良き夫だと思うことだろう。

だが、実際はそんないいものではなかった。

「申し訳ございません。一つ間違えてしまい、満点は取れませんでした」

「なぜだ?」

「どうしても、思い出すことができず……」

苛立った様子の父は持っていたフォークとナイフを置き、大きなため息を吐いた。

「ヴィルヘルム、お前はいくつになった?」

「八歳です」

父はワインを煽《あお》って口の中のものを胃に流し込むと、席を立って私の頬を思いきり叩きつけた。

「……っ!」

「八歳にもなって満点が取れないとは、情けない……私の息子とは思えない」

「……申し訳、ございません」

身構えるのが一歩遅くて、口の中が切れた。

「謝っても完璧にはならない」

父は何度も私の頬を叩いた。

食事と血の味が混じって、とても気持ちが悪い。叩かれる私を見て、母はガタガタ身体を震わせる。

「やはり、母の出来が悪いと駄目だな。ヴィルヘルムの出来が悪いのは、お前のせいだ」

「父上、やめてください！　叩くなら私を……」

「い、嫌……っ……きゃあっ！」

私が叩かれた後は、決まって母が叩かれた。

強い力で叩かれたのだろう。勢い余ってイスが倒れ、母は床に倒れ込んだ。

同時に彼女が持っていた肉を刺していたままのフォークと、ソースの付いたナイフが絨毯の上に落ちた。ワイングラスが倒れて割れ、テーブルクロスは真っ赤に染まる。

この時の光景が、目に焼き付いて離れない。

「母上！　父上、やめてください！　私の出来の悪さと、母上は関係ありません！」

「お前は黙っていろ。種が良くとも、畑の土が悪ければ良いものは作れない」

当時は意味がわからなかった。でも、大人になった今ではわかる。なんて下品な例えなのだろう。

言い訳に聞こえるかもしれない。いや、現に言い訳なのだが、普段は問題なく覚えていることでも、テストになると思い出せないことがある。

結果は、必ず父に報告がいく。そう思うとこの食事の席を思い出し、手が震え、背中に冷や汗が伝う。

すると頭が真っ白になって、思い出せない問題が出てくる。

思い出そうとするほど何も考えられなくなり、結局満点を逃すのが出来の悪い私のお決まりとなっていた。

本当に情けないことだ。私のせいで母は、何度叩かれたことだろう。

母をさんざん叩いた後、何事もなかったかのように座り、再び食事をとる神経が知れなかった。

叩いた後の方が美味しそうに食べているように見えて、ゾッとする。

幼い頃は父が人間の皮を被った悪魔のように感じたが、今思うとそれが父の性癖だったのかもしれない。別の意味でゾッとする。

これがヒルシュ家の食事風景だ。

食事の席は叱責され、母が酷い目に遭う場——毎日のように繰り返していたせいで、私の中ではそう紐づいて苦手になり、必要最低限しか食べられなくなった。

食の細さでまた怒られるという悪循環に繋がったが、どうしても受け付けない。

母は友好国の一つであるヘマタイト国の王女だった。もちろん、父とは、国と国の結びつきを強化するための政略結婚だ。

知らない国で頼る者がいない中、こんな仕打ちを受けてどれだけ辛かったことだろう。

母もまた、私と同様……いや、それ以上に食事が苦手となり、骨と皮……という表現が相応しい体型となった。

母はいつも、西の窓をぼんやりと眺めていた。

「母上、その窓から何か見えるのですか？」

「……放っておいて。私の世界に、これ以上入って来ないで」

一度気になって聞いたことがあるが、教えてはもらえなかった。その時も母は、窓から目を離さなかった。

嫌われていたのだ。当然だ。私が不出来だったせいで、毎日のように叩かれて身体と心に傷が絶えないのだから。

もう少し成長してからわかった。西にはヘマタイト国がある。帰りたかったのだろう。父には側室もいた。

行儀のいい女との夜はつまらないと、娼館で一番の女性を貴族の養女にさせ、自身の側室に迎えたそうだ。

そうして生まれたのが、私の弟ケヴィンだ。

自身で迎えておきながら、側室とその子は家族として認めないと、食事は別に取らせるところも嫌いだった。

周りは娼婦だから男癖が悪いと決めつけ、ケヴィンは王の子はなく、他の男の子であるとたくさんの者から陰口を叩かれた。

「何の証拠があってそのようなことを言うんだ？　ケヴィンは私の弟だ。これ以上愚弄するなら許さない」

「も、申し訳ございません……！」

私は庇うことができても、罰を与えることはできない。それができるのは王である父だけだ。

父が否定し、そのような陰口を見つけた時には罰でも与えてくれさえすれば、少しはケヴィンに辛い思いをさせずに済んだのに……。

あの男は、それを楽しそうに眺めるだけだった。

「あの方は私が愛した初めての人なの。側室として迎えられて、家族になれるんだって嬉しかったわ。でも、そう思っていたのは私だけだったのね……家族として一緒に食事ができるあなたたち親子が羨ましい。ケヴィンが可哀想……」

ケヴィンの母は、いつも泣いていた。

悲しみに耐えられず、ケヴィンを生んで数年後に自ら命を絶ったが、世間体が悪いために病死として公表されている。

食事を最低限しか取れなかった母は、流行り病にかかった際に、病気と戦う体力が残されていなかったせいで命を落とした。

死に至るような病気などでは、決してなかったのに……。

母が亡くなってからは、叩かれるのは私だけになった。しかし、成長すると、叩かれなくなった。

失態が少なくなったこともあるが、仕返しを恐れたのではないか……と思う。そんな愚かな真似、するつもりはなかったけれど……。

成長するごとに考えるようになったのは、将来必ず待ち受けていて、逃れられない結婚だ。

私は、父のようにはならない。

妻となってくれる女性と、生まれてくる子供を愛して、幸せにする。自分やケヴィン、母たちのような思いはさせない。

——でも……もし、無意識のうちに、父と同じ行動を取っていたら？　愛されたこともないのに、人を愛することなんてできるのだろうか。

怖くなった私は、女性経験を重ねるようになった。様々なタイプの女性と出会ったけれど、心を動かされることは一度もない。

やはり、私は人を愛することなどできないのだろうか。

焦りを感じて、ますます派手な付き合いを重ねるようになり、世間では『プレイボーイ』と呼ばれるようになった。

人を愛することができないでいたある日のこと、領地の視察に行っていた父が事故で亡くなった。

前日の雨で地面がぬかるんでいたせいで馬が足を滑らせ、馬車ごと崖へ転落……という最期だったそうだ。

事故の後に雨が降ったため、捜索隊によって助け出されるまで二日かかった。

父は即死ではなかったらしい。奴の遺体があった場所は、爪痕がたくさん残されていたそうだ。

両足を複雑骨折した上、壊れた馬車の破片が腰に刺さっていた父が、苦しみのあまり引《ひ》っ掻《か》いて助けを求めていたのだろう。

しかし、助けはこなかった。私が、母が、側室が、ケヴィンが、何度助けを求めても、手を差し伸べてもらえなかったように……。

私とケヴィンは、一滴も涙を流さなかった。私は密かに心で笑っていた。最低だが「ざまあみろ」母たちが生きていたら、どうだっただろう。

こうして私は、リビアンの国王に即位した。

周りから、すぐに妻を迎えて、後継ぎを……と言われるようになり、ますます焦りを感じる。

ケヴィンが旅行に誘ってくれたのは、そんなある日のことだった。

「兄上は頑張りすぎです。息抜きに旅行をしませんか？」

旅行はどうしても乗り物を使う。

食事をとれない状態で乗り物を利用すると、気分が悪くなる。外交で国外に行く時の最大の悩みはそれだった。

でも、私を心配してくれるケヴィンの気持ちが嬉しくて、その誘いに乗ったのだが、移動し始めてすぐに気分が悪くなり、後悔した。

「兄上、すみません。俺が無理に誘ったから……」

「いや、違うんだ。私が悪いんだよ」

気分が悪くなっては休み、少し回復しては馬車を走らせの繰り返しをしながら、目的地に向かう。

そして何度目かの休憩を取っていた時、私は運命の出会いを体験した。

「なんだ？　兄上、変な女が降りてきました」

「ケヴィン、視力が落ちたのか？　眼鏡を作りなさい」

馬車から天使と見間違えるような美しい女性が降りてきて、こちらにやってきたのだ。

そう、私の愛する妻のアリシアだ。

眩《まばゆ》い金色の髪、桔梗色の大きな瞳、整った顔立ちに透き通るような白い肌、ぽってりとした
赤い唇――まるで人形のようだ。

アリシアを一目見た瞬間、全身の血液が沸騰するのを感じた。

なんて美しいいんだろう。

女性に見惚れるなんて、生まれて初めてのことだ。ジッと見つめられると、顔が熱くなった。

彼女はどんな声で話すんだろう。

「やあ、こんにちは」

「あっ……え、ええ、ごきげんよう」

待ちきれなくなって、気が付いたら声をかけていた。返ってきた声はとても愛らしくて、賢そうな声だった。アリシアにぴったりだ。

一体どうしたのだろうと思っていたら、なんとアリシアは、不自然な場所で休息を取っている私を心配して降りてきてくれたのだった。

見た目だけでなく心までも美しいなんて……。

「結構だ。俺たちに構うな。迷惑だ」

私を心配するあまり、ケヴィンの返した酷い言葉にも気分を悪くせず、アリシアは空腹の私に自らの食事を分けてくれた。

食事にあまりにも嫌悪感を持っていたものだから、せっかくの厚意に失礼な態度を取ってしまった。ほんの一瞬だったけれど、聡明で人の気持ちに敏感な彼女には悟られてしまったようだ。

とても申し訳なくて、でも、それで私たちの仲が深まるきっかけになったのだから、結果よかったのかもしれない。

私やケヴィンがいくら失礼な態度を取っても、アリシアは嫌な顔一つしなかった。なんて優しい女性だろう。

食事は嫌いだ。でも、優しい彼女の手から作られたものなら、食べてみたいと思った。

そして彼女と別れた後、実際に口にしたら、とても美味しかった。

食事を美味しいと感じたのは、初めてのことだ。

いつもは味のする砂を噛んで、喉に流すような感じがするのに……。

また、アリシアに会いたい……。

乗っていた馬車や身なりから見て、貴族であることは間違いない。どこの国だろう。恋人はいるのか。

連絡先を聞くことができたら、また再会することのできる可能性があったのに、私はなんて間抜けなんだと後悔していたら、奇跡は起きた。

なんと泊まるホテルが一緒だったのだ。

こんな奇跡はもう二度とない。

どうしても、アリシアと仲を深めたかった。

こんな気持ちは初めてだ。

どうやって近付こうか。他の女性の時は何も考えずに行動していたが、彼女は違った。

失敗は許されない。

きっと他の女性なら拒絶されても構わないと思ったから、何も考えずに行動できた。でも、アリシアには嫌われたくない。好かれたい。だからこそ、慎重になっていた。

冷静になるために入浴を済ませていると、アリシアから訪ねてきてくれたので驚いた。しかも私の心配をして、わざわざホテルのキッチンを借りてまで食事を作ってきてくれた。

奇跡が一日のうちに、何度も起きるなんて……。

食事だけ置いて帰ろうとするアリシアを引き止めて、会話する機会を手に入れることができた。

そして私に親身になってくれた理由――それは彼女も私と似た経験をしたからだと教えてくれた。

自分が同じ経験をしたからといって、困っている他人に手を差し伸べるということはとても難しい。

でも、アリシアは私に手を差し伸べてくれた。小さな手……でも、それはとても大きな力を持っていて、私の心を癒《いや》してくれた。

彼女はとても素晴らしい人間だ。

アリシアを苦しめた全ての人間が憎い。特に妹に腹が立つ。でも、婚約者には感謝しよう。彼の見る目がないおかげで、アリシアは独身だ。

何か事情があるらしくて詳しい素性は教えてもらえなかった。

でも、大丈夫だ。ホテル側に手を回せば、彼女の情報を手に入れることができる。また、再会できる可能性が残っている。

アリシアの温かい気持ちにお礼がしたくて、彼女が帰った後、すぐ夜の街に出た。

ネックレス、イヤリング、ブローチ、帽子……駄目だ。まだ、私は彼女の好みを知らない。贈っても気に入ってもらえない。

そうだ。彼女は料理をする。

料理をする時には、あの綺麗な髪をまとめることだろう。それならリボンはどうだろう。気に入ってもらえたら、繰り返し使ってくれるかもしれない。

贈り物をこんなに真剣に選んだのも、誰かに再会したいと思ったのも、生まれて初めてのことだった。

翌日、アリシアに渡しに行った時、彼女も私のために遅くまでかけて、お菓子を作ってくれていたと聞いて驚いた。

本当に、嬉しかった。

ずっと自分は、人のことを愛せないと思っていた。でも、違った。出会っていなかっただけだったのだ。

自分に人を愛せる機能があるとわかったら、後は誰が妻になってもいいと思っていた。でも、無理だ。人を初めて愛して初めてわかった。

他の誰かなんて無理だ。アリシアを妻にしたい。彼女じゃないと駄目だ。

アリシアの素性を調べ、彼女を妃に迎えるための準備を整えるまで一年もの時間がかかってしまった。

とても長かった。本当に……。

会えない間、アリシアの顔や仕草、会話を何度も思い出した。そのたびに私は、彼女を好きなのだと自覚した。

彼女が友好国出身で助かった。敵対関係にあったなら、もっと時間がかかっただろう。

——早く会いたい……。

アリシアを妻に迎えるには、自身も健康でなければ——と、今までは死なない程度にとっていた食事も積極的にとるようになった。

相変わらずアリシアが作ってくれた以外の食事は砂を噛んでいるようで、美味しいとは思えない。

辛かったけれど、彼女に会うための健康な身体を手に入れられるためなら耐えられた。

「兄上、本当に自ら迎えに行くんですか？　俺が代わりに行きますよ。前の旅行みたいにご気分が悪くなってはお辛いでしょうし、政務も忙……」

「代わりの者を行かせるなんて、誠意がない。それに私が早く彼女に会いたいんだ。もう待ち切れない」

「プレイボーイの兄上が、まさかここまで夢中になるなんて驚きました。女性なら誰でもいいのかと思っていましたが、違ったんですね」

「ケヴィン、アリシアに嫌われたら、私の人生は終わりだ。くれぐれも彼女の前でそんなこと言わないよう頼むよ。……もし、行ったら、身長を縮めるよ」

「えっ⁉　どうやって……」

「さあ、どんな方法だろうね」

「や、やめてくださいよ！　ただでさえ伸ばすのに苦労してるんですからっ！」

アリシアを迎えに行って、彼女に苦労を与えた元凶である妹のカリナと対面した。優しい彼女と血が繋がっているとは思えない腹黒さだ。

こんな女に騙される人間の神経が知れない。

暗殺してやろうと何度も思ったけれど、最終的には殺すよりも辛い目にあったから、あの時早まらなくてよかった。

アリシアがリビアンに到着した日、私は嬉しさと興奮のあまり、その日寝付くことができなかった。

彼女の作ってくれた料理は、やはりとても美味しかった。

私の贈ったリボンを使ってくれているのを見たあの瞬間、キスをして、押し倒したくなるのを必死で我慢した。

でも、自身も媚薬を摂取した状態で、媚薬で欲情するアリシアを目の前にしたら、さすがに理性が砕けた。

これは口が裂けても言えない話だけど、アリシアのために数多くそろえたスパイスの中に、彼女が知らないであろう媚薬効果があるスパイスを混ぜるように手配したのは私だ。

たった一つだけ。こうなることを期待しての希望だった。

このスパイスは独特の風味だから、すぐわかる。

アリシアが持ってきてくれたチョコレートを口にした瞬間、媚薬を入れてくれたのだとわかった。

まさかこんなにも早くチャンスが訪れるとは思わなかった。

アリシアは料理を作る時、必ず毒味を兼ねて味見をしている。きっとこの媚薬も口にしていることだろう。

いくらアリシア真面目で身持ちが硬くても、媚薬が効いていれば、私を受け入れてもいいと思ってくれるかもしれない。

欲情する私を同情して、慰めてもいいと思ってくれるかもしれない。

汚いやり方だと思われるかもしれない。というか、思われるだろうから、アリシアには絶対言えないが――私はとても焦っていた。

アリシアをここへ連れてくるまでは、彼女の気持ちが自分に向いてくれるまで、いつまでも待つつもりだった。それは神に誓って言える。

でも、アリシアが手の届く範囲に居ると思ったら、気持ちが急いてどうしても我慢できなくなったのだ。

チョコレートを食べ終える頃には、既に身体が熱くなってきた。

アリシアはもう完全に媚薬が回っているだろうと部屋を訪ねたら、案の定効いていて、立てなくなっていた。

「……っ……ヴィルヘルム様、すぐ医師に診ていただいてください。私、間違えて、さっきのチョコレートに毒を……」

アリシアは媚薬ではなくて、毒を入れてしまったと思い込んでいた。

それなのに自分ではなく私の心配をしてくれる優しさ――罪悪感が刺激されると同時に、アリシアへの気持ちが強くなる。

桔梗色の瞳は潤んで、頬は薔薇色《ばらいろ》に染まっていた。赤くぽってりとした唇は誘うように薄らと開いて、華奢《きやしや》な肩は荒い息遣いと共に上下する。

こんなアリシアを見て、我慢できるはずがない。

「私と愛し合えばいい。そうすれば、キミも、私も、この淫らな熱から解放されるよ」

「なっ……い、いけません。そんな……未婚の身で……しかも、恋人でもない方と、愛もなく、か、快楽を得るのを目的に……だなんて」

さすがアリシア、媚薬が効いていても欲望のままに身を任せ……ということがない。こういう真面目なところも好きだ。

「私は快楽を目的とはしていないよ。この場にいるのが、キミ以外の女性なら、こんな提案なんてしない。アリシアを愛しているからこそ、触れたいんだ」

強引だった。襲ったと思われても、おかしくない。

抵抗する力など少しも残っていないアリシアの唇を奪い、拒絶できないように手で頭を押さえる。

ようやく、アリシアの唇に触れられた。

あまりに興奮しすぎて、痛いぐらいに欲望が昂《たか》ぶる。

媚薬が回っているせいじゃない。何も口にしていない状態だったとしても、こうなっていたことだろう。

ていた。

ようやく侵入できた腟内や舌の感触を堪能しながら、欲深い私の手はアリシアの身体に触れていた。

時折漏れてくる声を聞いていたら、ますます興奮してしまう。

ああ、なんて可愛い声なんだ……。

「ん……ぅっ……」

情けないぐらい焦っていた。

ベッドまで連れて行く余裕なんてなくて、調理台の上で彼女の身体を貪ってしまう。コルセットから零れた透き通るほど白い胸は、手から余るほどに大きい。

柔らかくて、でも、張りがあって——ああ、なんて素晴らしいんだ。小さくて可愛い色をした乳首は、とても感じやすくて、触れるのがとても楽しい。

可愛い尖りを口に含んで、舌で転がして、吸うことを繰り返す。お腹を空《す》かせた赤子よりも、必死に乳首に吸い付いているのではないだろうか。

「ひぁ……っ……！　あっ……だめ……あっ……あぁっ……！」

そんな風に可愛く鳴かれたら、逆効果だよ。もっと触れたくて、我慢ができない。

「こちらのチェリーもとても美味しいね。癖になりそうだよ。ずっとこうして味わっていたいくらいだ」

「や……ずっと、なんて……」

舐めているとどんどん硬くなって、舌が押し返される。

ああ、こうして舐めているだけで、達ってしまいそうだ……。

こんなにも魅力的なアリシアに、ビダル王子は指一本触れていなかったらしい。不能なんじゃないかと疑ってしまうが、よかった。

もし、触れていたなら、嫉妬でおかしくなりそうだ。アリシアの唇や肌の感触、彼女の魅力的な表情や声を知っているのは、私だけでありたい。

子供じみた独占欲だ。

こんなことを考えていると知ったら、幻滅されてしまうだろうか。

「キミのような魅力的な女性が傍に居て、友人で済ませられるなんて理解できないな。私がビダル王子の立場なら、時間や場所を問わずに求めていただろうね」

「な、何を仰って……」

「優しくて、愛らしくて、美しい。それにこんな極上の身体……ご馳走を目の前にぶらさげられているようなものだ。とても我慢できないよ」

片方の先端を舌と唇で刺激し、もう一方は指で捏ねるように弄る。

唇と指、両方に愛おしい感触が伝わってきて、下穿きの中の欲望が、先走りを零してしまうのがわかった。

アリシアが可愛い声で喘ぎながら、腰を揺らすのに気付く。

清楚で可憐なアリシアが、こんなにもいやらしく腰を揺らして――このドレスの下は、淫らに濡れているのだろうか。

想像するだけで、興奮でおかしくなりそうだった。

早く……早く確かめたい。

ドレスの中に手を入れ、どさくさに紛れてしっとりした太腿の感触を味わいながら、目標へ近付いていく。

「あっ……い、嫌……ヴィルヘルム様、いけません……っ!」

アリシアは首を左右に振って、必死にこれ以上触れないようにと懇願する。でも、やめられない。我慢できるわけがない。

「大丈夫だよ。アリシアはただ、気持ちよくなることを考えて」

やめられない。でも、その代わり、たくさん感じさせてみせるから、どうかこんな愚かな私を許してほしい。

下着の中に手を入れると、ぐっしょりと濡れていた。

ああ、アリシアが……純粋なアリシアが、媚薬のせいとはいえ、こんなにも濡れるなんて……。

ただでさえ興奮しているのに、さらに昂ぶってしまう。

早く触れたい。

もっとアリシアに……誰も触れたことのない場所を触りたい。

花びらの間はとても熱くて、指がふやけてしまいそうなほどの量の蜜が満ちていた。

上下に動かすと、クチュクチュと可愛い音が響いて、指の腹に陰核の愛らしい感触が伝わってくる。

「ひゃうっ！　あっ、あっ、ン……やっ……だ、め……ぁっ……あぁっ」

「可愛い音が聞こえるよ。きっと蜂蜜よりも甘いのだろうね」

舐めて、確かめたい。でも、このまま触れていたい気持ちもあって、欲張りすぎる自分に笑ってしまいそうになる。

全身の至る場所が、アリシアを求めていた。

「やっ……な、何か……きて……あっ……あぁぁぁっ……！」

初めての絶頂に戸惑うアリシアを見た瞬間が、今までの人生の中で一番興奮した瞬間だった。

頭の芯が痺れて、痛むほど硬くなった欲望の出口がヒクヒクと疼くのを感じる。

しかも、アリシアにとっても初めての絶頂だったようで、戸惑う彼女を見るとますます興奮する。

触れられたこともなかったが、自分で触れて慰めたこともなかったらしい。なんて純粋なんだろう。

私がアリシアだとしたら、こんなにも魅力的な身体――自分自身のものであっても、触れられずにいられないに違いない。

一度達しても、媚薬のせいでまたアリシアは快感を欲する。とても不安そうだった。私のせいで申し訳ない。

媚薬を忍ばせたことに、そしてこんな事態を引き起こしておきながら興奮していることの両方に罪悪感を覚える。

「アリシア、辛いんだね。可哀想に……大丈夫だ。私がいるよ」

我慢しきれずにこんな場所で求めてしまったが、背中が痛いし、冷たいだろう。崩れ落ちた理性をなんとか集めて、アリシアを抱き上げた。

「ん……ぁ……っ……はぁ……はぁ……」

歩く振動すらも刺激になってしまうようで、アリシアの赤い唇からは甘い声が零れ続ける。

ああ、なんて刺激的なんだ……。

「普段の清楚なキミも素敵だけど、乱れたキミはなんて魅力的なんだ……見ているだけで、達してしまいそうだ」

生まれたままの姿にしたアリシアをベッドに押し倒すと、彼女の甘い香りがふわりと鼻孔をくすぐる。

ベッド――。

この城に来てから、彼女はここで寝起きしている。最も私的な場所で、彼女を裸にして、押し倒している。

そう意識することで、ますます興奮した。

女性を抱くのに、こんな興奮したことはない。アリシアの存在そのものが、私にとっては媚薬だった。

服を脱ぐ私を見るアリシアの熱い視線を浴びると、肌がゾクゾク粟立つ。視線だけでも感じてしまうだなんて、私はおかしくなったのだろうか。

でも、それが心地いい。

「ああ、もっと時間をかけて、キミをたっぷり知りたいのに、もう我慢できそうにない。早くキミの中に入りたくて、おかしくなりそうだ……」

昂ぶった熱をアリシアの膣口に宛がうだけで、達してしまいそうだった。ゆっくりと腰を進めていくたびに、彼女の初心な中がねっとりと私の熱に絡みつく。

初めての感覚だった。

痛みを感じているアリシアには申し訳ないが、とても気持ちがいい。

「これで全部だ。ああ……アリシア、キミの中は、なんて気持ちがいいんだ……ねっとりと私のに絡み付いて……」

繋ぎ目からは、破瓜《はか》の証が零れていた。

痛い思いをさせるのは可哀想だ。でも、アリシアの初めての男になれたことが嬉しくて、口元が綻んでしまう。

酷い男だね。ごめん、アリシア……でも、本当に嬉しいよ。

「ああ……血が出ているよ。キミの初めての男になれるなんて嬉しいよ。最初で最後の男になりたいな」

「や……っ……み、見ないでくださ……い……恥ずかし……いです……」

恥じらう姿にますます興奮して、腰がゾクゾク震える。

「ああ……ごめんね。できるだけ優しくするよ。ただ、どこまで優しくできるかは……ちょっと自信がないんだけれど……」

激しくすると、きっと痛い。わかってはいるけれど、気を付けていられるのは最初だけだった。

気が付くと、アリシアの中の情熱的な感触と彼女の甘い喘ぎ声で理性を失って、激しく腰を振りたくってしまう。

「あっ……！　あぁっ……んっ！　ぁんっ！　あぁっ……あっ……あっ……ぁんっ！」

媚薬が切れるまで、獣のようにアリシアを求め続けた。

彼女を手に入れるためのキッカケにしたいと思って仕込んでおいた媚薬だったけれど、完全に失敗したと思った。

こんな求め方をしたら、好かれるどころか、嫌われて当然だ。

「あ、の……昨夜は私の失態で、申し訳ございませんでした……」

でも、アリシアは、怒っていなかった。それどころか自分のせいだと謝罪してきたものだから、衝撃だった。

なんて優しい女性だろう。

こんなにも優しいアリシアを騙して……私はなんて最低な人間なんだろう。でも、どうしても我慢ができなかった。

アリシアのことを知るたび、彼女への気持ちがどんどん強くなっていく。

好きだ。アリシア……早く身体だけでなく、心も私のものにしたい。

ああ、なんだろう。冷たくて、とても気持ちがいい。

額にひんやりしたものを当てられ、ぼんやりと目を開けた。

「ん……」

◆◇◆

あれ？　私は、どうしたんだ？

「あ……ごめんなさい。起こしてしまいましたか？」

目を開けた時に、愛する妻の姿が一番に飛び込んでくる幸せを噛み締める。

ああ、そうだ。私は風邪を引いて熱を出し、休んでいたんだ。

結婚してから、十年――アリシアは歳を重ねるごとに美しくなって、こうして傍に居るだけで胸が高鳴って苦しい。

「いや、ちょうど目が覚めたところなんだ。タオルを取り換えてくれたんだね。ありがとう。冷たくて気持ちがいいよ」

「よかったです」

「……ああ、それにしても、この風邪は辛いな」

「もう、やめてくださいと言ったのに、聞いてくださらないからですよ？」

一週間ほど前、次男のレオが風邪を引いて熱を出した。小さな身体で熱と戦い、それはとても可哀想だった。

私は幼い頃、熱を出すたびになぜか漠然とした不安や寂しさに襲われていたことを記憶している。きっと身体が弱ると、心も弱るのだろう。

だからと言って、頼れる者やすがることのできる者は一人もいなかった。ただただ、熱が下がるのを願うだけ。

レオには同じ思いをさせたくなかったので、できる限りレオの傍に居て、夜は一緒に眠った。ちなみに彼を挟んで反対側には、アリシアの姿がある。

アリシアからは、睡眠不足の私は抵抗力が少ないから、移ってしまうかもしれない。自分が付き添っているから、やめた方がいいと言われていた。だが、言うことを聞かずに一緒に眠った。子供の風邪が大人の自分に移るわけがないと高をくくっていたのだ。

そして見事に、アリシアの言う通りになった。でも、レオは親子で一緒に寝れたことを喜んでいたので、後悔はしていない。

「すまない。でも、どうしてキミには移らなかったのかな？」

「私はしっかり睡眠を取っていますから、抵抗力があったのでしょう。これに懲りたら、ヴィルヘルム様もしっかり睡眠を取ってくださいね？」

「ああ、そうだね。これからはそうしよう」

「……いつもそう仰いますけど、数日経つと忘れて、元通りになってしまうんですよね」

「ふふ、耳が痛いよ。でも、今度からはちゃんとする。また子供たちが熱を出した時には、傍にいてあげたいからね」

「ええ、そうしてください」

幼い頃は誰も傍に居なかったが、今はこうしてアリシアが傍に居てくれるから、不安は感じない。

なんて幸せなんだろう。

「そういえば、眠っている間、微笑んでいらっしゃいましたよ」

「え、本当に？」

「ええ、何か楽しい夢をご覧になりました？」

「前半は悪夢だったけど、後半は素晴らしい夢に変わってくれて最高だったよ。何度でも見たい」

「まあ、どんな夢だったんですか？」

「キミと出会って、初めて抱いた時の夢だよ。初めてキミの裸を見た時、興奮しすぎておかしくなるかと思った」

アリシアの顔が、見る見るうちに真っ赤になった。

「なっ……なんていやらしい夢を見ているんですか！　ちっとも素晴らしくなんてありませんっ！」

結婚して十年が経ち、私の子を産んでくれた彼女は、未《いま》だに何も知らなかった時のように初々しくて、愛らしい。

「せっかく下がった熱が、また上がってしまいそうだよ」

「それは困ります。淫らな夢は一刻も早く忘れて、熱が下がるように、清らかなことを考えてください」

「印象深過ぎて、忘れられないよ。初めての快感に戸惑いながらも感じるアリシアは、とても可愛らしかったなぁ……」

「もう、ヴィルヘルム様っ！　そうだわ。避暑に行った時の滝を覚えていらっしゃいますか？」

二年前に行った……」

「ああ、もちろんだ。キミと一緒に行った場所を忘れるはずがないよ」

そう答えると、アリシアは嬉しそうに笑ってくれた。

可愛い……。

「ふふ、とても綺麗でしたね。近くにはピンク色のお花も咲いていて……あの風景を思い出したら、清らかな気分になるのでは？」

「ああ、滝も花も綺麗だったね。……あの夜はすごく燃えたな。エリーザを妊娠したのは、あの夜だったね。最高の思い出だ」

私の言葉に、アリシアの頬が薔薇色に染まる。

ああ、なんて色っぽいんだろう。

「もう、すぐにそういうお話に持っていかないでください！　いつまでも熱が下がりませんよ？」

「そうだね。早く治さないと、いつまで経っても、キミに触れられないし、子供たちを抱きしめてあげられない……」

私たちは五人の子供に恵まれた。全員優しく、いい子に育ってくれている。

美しく優しい妻、可愛らしい子供、なんて幸せな人生だ。父に打たれていた頃は、こんな幸せな人生を送れるだなんて、少しも思っていなかった。

「ええ、早く治してください。お父様に会いたい。お部屋に行く！　一緒じゃないとお食事しない！　って言うのを止めるの、とっても大変なんですから」

「ああ、なんて愛おしいんだ。早く会いたい……」

あまりに愛おしくて、子供たちが生まれてからというもの、悲しくもないのに涙が出てきそうになるという現象を初めて味わった。

「ご政務の代行を務めていらっしゃるケヴィン様も、悲鳴をあげていらっしゃいますよ。昨日もかなり深い時間までご政務をなさって……」

「結婚したばかりなのに、新婚生活に水を差すことになって申し訳ないな。早く戻れるようにしないと……」

ケヴィンは数か月前に、アリシアの侍女を務めているドリスと結婚した。

出会った頃は言い合いばかりしていたが、いつの間にかケヴィンがドリスに好意を持つようになり、ずっと彼女に求婚し続けていた。

しかし、亡くした夫一筋の彼女は、歳が離れていることもあって、全く相手にしていなかった。

でも、ケヴィンの一途《いちず》な想いに押され、ついに結ばれた。

『ドリスは私のことばかり考えて、ちっとも自分の幸せを考えてくれないの。とてもありがたいことだと思うけれど、申し訳ないの……少しでも自分の幸せを考えてほしいわ』

常々そう言っていたアリシアの願いが、叶った瞬間でもあった。

ようやく待ち望んでいた新婚生活――だったのに、私のせいで水を差してしまった。

すまない。ケヴィン……全快したら、長期休暇をあげるよ。

ちなみにケヴィンの身長は、高身長――とまではいかないが、ドリスの身長を少し超すぐらいまでは伸びた。もうさすがに伸びる歳ではないが、まだ希望は捨てていないらしい。

希望を持つことは、自由だ。できれば愛する弟の願いが叶うことを祈る。

「では、しっかりとお休みください。もう少ししたら、お薬と、スープを作ってお持ちしますからね」

「スープ……生姜を入れてほしいな」

「ええ、生姜は風邪にもいいですから、たっぷり入れます」

「楽しみだ。キミと出会った日のことを思い出すよ」

「ふふ、あの時のスープも生姜をたっぷり入れましたものね。……さあ、ゆっくりお休みください」

「……ああ、アリシア」

「はい？」

「頬にキスしてくれないか？　唇でなければ、風邪は移らないだろう？　キミにキスしてもらえないと、寂しいんだ」

「わかりました。では、目を瞑《つぶ》ってください」

早く唇にしたい……。

そう思いながら目を瞑ると、唇にチュッとキスを落とされた。

「んっ……！」

まさか唇にしてもらえるなんて思っていなかったから、言葉が出てこない。

キスされた瞬間に目を開けると、真っ赤な顔をしたアリシアが恥ずかしそうに私から目線を背けていた。

「早く治してくださいね。私だって、ヴィルヘルム様とキスができないのは、寂しいんですから……では、失礼します」

「あっ……アリシア、待っ……」

真っ赤な顔をしたアリシアは、驚くべき速さで部屋を出て行った。残された私は、彼女の愛らしさを思い出し、ベッドの上で悶絶《もんぜつ》してしまう。

「ああ、私の妻は、なんて可愛いんだ。ますます熱があがりそうだ……」

いや、早く休んで、一刻も早く熱をさげよう。そして子供たちとたくさん遊んで、早くアリシアをたくさん愛したい。

興奮してなかなか寝付けなかったが、次に見た夢は六人目の子供ができた夢だった。

それがただの夢なのか、それとも現実になるのかがわかるのは、もう少しだけ先のことになる。

ああ、最後に一つ、報告をさせてほしい。

私は家族で過ごす食事の時間が、とても好きだということを――。

あとがき

こんにちは、七福さゆりです。このたびは、「婚約破棄されたら異国の王子に溺愛されました　甘～いキスは悦楽の予感」をお買い上げ頂き、誠にありがとうございました！　アリシアとヴィルヘルムのお話は、お楽しみいただけたでしょうか？　この原稿を書いていた時、私は人生で一番のデッドラインに立っておりまして、イラストをご担当してくださったＦａｙ先生、編集Ｎ様、編集部、関係各社の皆様にたくさんたくさん支えて頂いたおかげで、ようやく形となりました。本当に申し訳ございません。そしてありがとうございました！

このお話は食べることが苦手な二人が主役なのですが、私は高熱を出してもガツガツ食べられる人間のために、二人の気持ちを感じ取るのにとても苦労しました。ちなみに、作中に出てきた宝石みたいなお菓子は、琥珀糖をイメージしております。お取り寄せして実際に食べてみたら、不思議な食感ですっかりハマりました！　また、デブってしまう！　あ、もうページ数がない！　それでは、またどこかでお会いしましょう！　七福さゆりでした！　またね！

七福さゆり

Mitsuneko Label

蜜猫文庫をお買い上げいただきありがとうございます。
この作品を読んでのご意見・ご感想をお聞かせください。
あて先は下記の通りです。

〒102-0072　東京都千代田区飯田橋 2-7-3
(株)竹書房　蜜猫文庫編集部
七福さゆり先生 /Fay 先生

婚約破棄されたら異国の王子に溺愛されました
～甘～いキスは悦楽の予感～

2019 年 9 月 17日　初版第 1 刷発行
2019 年 10月 25日　初版第 2 刷発行

著　者　七福さゆり　

発行者　後藤明信

発行所　株式会社竹書房
〒102-0072 東京都千代田区飯田橋 2-7-3
電話　03(3264)1576(代表)
03(3234)6245(編集部)

デザイン　antenna

印刷所　中央精版印刷株式会社

Printed in JAPAN
ISBN978-4-8019-1983-9　C0193
この作品はフィクションです。実在の人物・団体・事件などには関係ありません。